KB106256

라플라스의 악마

라플라스의 악마

박용기 지음

바람의아이들

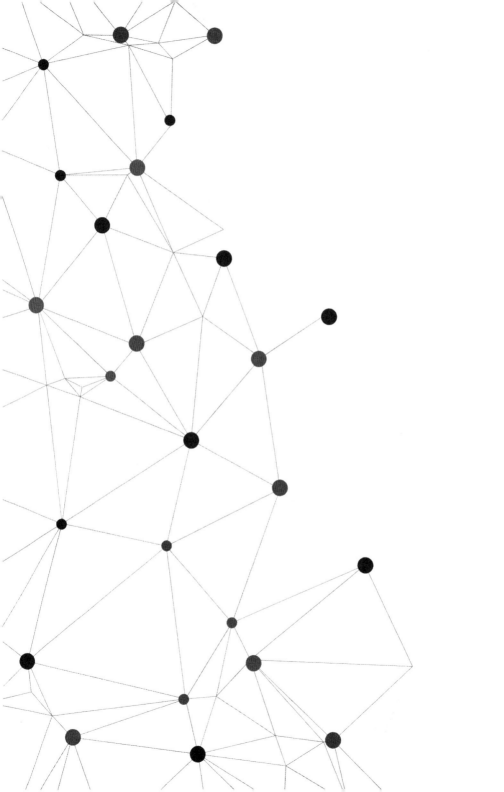

차례

1. 실직자 도시 블린

에이아이북(AIBook) 『이야기』에서 - 뉴턴①

뉴턴은 제자 클라크와 함께 런던 외곽의 빈민가를 걷고 있었다. 좁은 골목은 곳곳이 오물로 지저분하고 누렇게 변색된 담벼락에서는 찌든 암모니아 냄새가 코를 찔렀다. 클라크는 오물을 피하느라 징검다리 건너듯 펄쩍펄쩍 뛰었다. 코트 깃을 귀밑까지 세운 뉴턴은 똑바로 앞만 보고 빠르게 걸었다. 때에 전 허름한 옷을 입은 사람들이 지나가면서 둘을 흘깃흘깃 쳐다보았다. 슬쩍 훔쳐봐도 이런 빈민가에 있을 사람처럼 보이지 않아서일 텐데, 앞서가는 사람이 조폐국장이란 사실을 알았다면 기절초풍을 했을 것이다.

골목길을 벗어나 넓은 길에 접어들자 더욱 많은 사람들이 북적거렸다. 뉴턴은 위치를 확인하기 위해 잠시 걸음을 멈추고 주변을 살폈다. 사람들에게 물어보면 금방 알 것을 뉴턴은 고집스럽게 종이 쪼가리를 훑어보며 둘레를 탐색했다. 그렇게 얼마를 더 걸어가자 마침내 정보원이 말한 술집이 눈앞에 나타났다. 뉴턴은 두 팔을 허리춤에 대고 잠시 숨을 골랐다. 클라크는 술집을 드나드는 사내들의 거친 모습에 조금 주눅이 들었다.

"아무래도 교수님이 여기까지 온 건……."

"국사범들이야. 나라를 좀 먹는 자들이라고."

뉴턴은 단호하게 말을 잘랐다. 그러면서 본인도 어쩔 수 없이 긴장이 되는지 얼굴이 굳어졌다. 하지만 이내 뉴턴은 마음을 다잡았다. 내가 누구인가, 이 나라 화폐를 책임지는 조폐국장이 아닌가. 내게는 막강한 권력이 있어.

뉴턴은 문을 밀고 안으로 들어갔다. 어둠침침한 내부, 왁자지껄 떠드는 소리, 시큼한 술 냄새. 클라크는 또다시 코를 움켜잡았다. 어느 틈으로 들어왔는지 한 줄기 햇살이 뿌옇게 피어나는 먼지를 살려냈고 더불어 사람과 사물들이 형체를 드러냈다. 뉴턴은 사람들을 피해 자리를 찾아 안으로 들어갔다. 구석에 겨우 테이블 하나가 비어 있었다. 뉴턴은 술을 시켰다. 이런 곳에서는 이런 분위기에 어울려야 자연스러운 법이다. 술도 시키지 않고 앉아 있으면 의심의 눈초리가 따가울 게 뻔했다. 클라크가 맞은편에 앉으며 혹시 먼저 와 있을지도 모르는 정보원을 찾아 둘레를 두리번거렸다. 뉴턴은 회중시계를 꺼내서 보고는 말했다.

"아직 안 왔을 거야. 우리가 일찍 왔어."

"정보원은 확실합니까?"

"제련소 직원이야. 얼마 전 위조화폐로 물건을 사려다 걸려든 친구지. 위폐범들의 소재를 알려 주면 처벌을 면해 주는 조건으로 풀어 주었지."

"그런데 요즘 교수님은 연구는 뒷전이고 위폐범들만 쫓아다니시네요."

"매사에 충실해야지. 나라의 돈을 관리하는 일도 중요해."

1690년대 영국은 화폐의 표준화가 정립되지 않아 위폐범들이 극성을 부렸다. 그들은 금화나 은화의 무게를 줄이고, 은화에 금도금을 하는 수법으로 위조화폐를 만들었다. 이에 영국은행은 당시 세계 최고의 과학자였던 뉴턴에게 조폐국을 맡겨 국고가 새 나가는 것을 막아 달라고 부탁했다. 뉴턴은 조폐국에 새로 제련 도구를 마련하고 금과 은을 정량으로 써서 화폐를 표준화했다. 동전의 가장자리에 홈을 파서 화폐를 훼손하지 못하게 했다. 그리고 시중에 나도는 가짜 돈을 추적해 위폐범들을 잡아들였다. 그중에 악질범들은 사형까지 시키는 경우도 있었다.

이윽고 벙거지를 깊숙이 눌러쓴 한 사내가 뉴턴이 있는 테이블로 다가왔다. 그는 얇은 종이쪽지를 테이블에 던지고 서둘러 문 쪽으로 걸어갔다. 뉴턴이 재빨리 종이쪽지를 읽고는 자리에서 일어났다. 클라크도 덩달아 벌떡 일어나 뉴턴을 뒤따랐다. 뉴턴은 카운터에 1실링을 던지고는 문을 밀고 나갔다. 바깥에 있던 사내가 벙거지를 살짝 올리고 따라오라고 눈짓을 했다. 뉴턴이 고개를 끄덕였다. 사내가 앞장서서 빠르게 걸어갔다. 뉴턴이 클라크에게 사내가 건넨 종이쪽지를 건네며 서두르라고 말했다. 클라크가 종이를 펼쳐 보니 다음과 같이 적혀 있었다.

「날 따라오시오.」

그리고 아래에 주소가 적혀 있었다. 뉴턴은 그것이 위폐범이 사는 주소라고 짐작하고 클라크에게 경찰을 데리고 그곳으로 오라고 지시했던 것이다.

런던의 뒷골목은 가난한 사람들로 소란스러웠고 마차 바퀴가 질척거리는 바닥을 뒤집어 흙탕물이 튀어 올랐다. 정보원은 사람들을 헤집고 잘도 앞으로 나아가고 있었지만 뉴턴은 흙탕물에 바지가 젖는 통에 정신이 없었다. 낡고 허름한 집 담벼락에 기대서 있던 지저분한 아이들이 뉴턴을 보자 손을 내밀었다. 본능적으로 뉴턴의 외모에서 부자나 귀족을 떠올렸기 때문이었다. 뉴턴은 눈살을 찌푸리며 그들을 외면했다.

인적이 좀 뜸해진 골목길의 어느 집 앞에 정보원이 멈춰 섰다.

그리고 고갯짓을 했다. 뉴턴은 시계를 보고 클라크가 경찰을 데리고 올 시간을 계산했다. 잠시 시간이 흘렀다. 마침내 뉴턴이 정보원에게 눈짓을 보냈다. 정보원이 출입문을 두드렸다. 잠시 뒤 고리가 걸린 문이 삐죽 열렸다. 그리고 아는 동료의 얼굴을 보자 출입문이 활짝 열렸다. 정보원을 따라 뉴턴이 들어갔다. 좁은 거실에 중년의 사내와 여자, 그리고 어린 여자아이 셋이 낡은 의자에 앉아 있었다. 아이들은 다 낡아 해어진 옷에 땟국이 꾀죄죄한 얼굴을 하고 있었다. 눈빛만은 두려움 반 호기심 반으로 반짝거렸다. 퀴퀴한 냄새가 코를 질렀다. 저녁식사를 준비하고 있는 것 같았다. 사내가 정보원 뒤에 서 있는 뉴턴을 보고 눈을 크게 떴다.

"자, 자네가⋯⋯."

"미안하네. 나도 살아야 해서 어쩔 수 없었네."

뉴턴이 앞으로 나서며 말했다.

"윈스턴 스미스, 당신을 화폐위조범으로 체포한다."

정보원이 스미스에게 다가갔다. 그가 뒤로 물러났다. 그의 얼굴에 분노가 차올랐다. 그때 그 상황을 지켜보고 있던 어린 여자아이 하나가 소리쳤다.

"우리 아빠 잡아가지 마세요. 아빠는 아무 잘못이 없어요. 아빠가 없으면 우린 모두 굶어 죽어요."

그러자 다른 아이들도 손을 맞잡고 소리쳐 울었다. 마치 상황에 따라 연극을 하는 것처럼 보였다. 뉴턴은 당황했다. 아이들이 이렇게 나올 줄은 생각하지 못했던 것이다. 사내의 아내가 고함을 질렀다.

"남편은 아무 잘못 없어요. 가난이 죄죠. 당신들은 가난한 사람들의 삶을 몰라요. 나라가 돈을 왜 만들어요? 가난한 사람들에게는 아무 쓸모도 없는 거예요. 당신들 부자들에게만 필요한 거죠."

"나는 법을 집행하고 있습니다. 당신 남편은 아주 나쁜 범죄를 저질렀어요. 가짜 돈을 만들어 사회를 혼란에 빠뜨렸단 말입니다. 이게 얼마나 무서운 범죄인지 압니까? 나라가 위기에 빠졌어요. 이런 범죄는 완전히 소탕되어야 합니다."

"아빠는 잘못이 없어요. 아빠는 도둑이 아니에요."

여자아이들은 왕왕 소리치며 울었다. 뉴턴은 화가 났다.

"너희 아빠는 범죄를 저질렀어. 그런 아빠를 어떻게 존경할 수 있지? 어떻게 아빠라고 할 수 있어? 아빠는 자식들에게 모범이 되어야지."

"배고파서 바동대는 자식들을 눈앞에서 봐 보시오. 무슨 짓인들 못 하겠소."

"그래도 정의를 지켜야지. 범죄는 사회악입니다."

뉴턴은 흔들림이 없었다. 그러나 뉴턴 자신은 아버지가 돼 본 적도 없었고 아버지를 본 적도 없었다. 뉴턴의 아버지는 뉴턴이 태어나기 전에 세상을 떠났다. 뉴턴은 유복자였다. 아버지가 가족을 위해 무엇을 해야 하는지 생각해 본 적이 없었다. 지금 뉴턴은 단지 사회의 악을 제거하기 위해 법을 집행하고 있는 것뿐이었다.

얼마 뒤, 경찰이 들이닥쳤고 위폐범은 체포되어 끌려 나갔다. 범죄자 아내와 아이들의 절규를 뒤로하고 뉴턴은 지긋지긋한 런던의 빈민촌을 달아나듯 떠났다.

덜커덩, 예상치 못한 미동에 몸이 컵 속의 물처럼 흔들렸다. 나는 반사적으로 에이아이북 『이야기』에서 눈을 떼고 고개를 들었다. 앞좌석의 엄마도 나처럼 흔들렸을 텐데 눈을 뜨지 않았다. 나는 고개를 돌려 창밖을 내다보았다. 멀리 초록빛 들판과 오르락내리락 곡선을 그리며 이어지는 산들이 보였다. 검은 전선줄이 눈앞으로 휙휙 지나갔다. 낯선 풍경이었다. 4호 칸 출입구 위에 붙은 스크린에 '블린 4시 30분 도착'이라는 글자가 점멸하며 지나갔다. 지금은 4시 10분, 20분 후면 도착한다. 파벨에서 고속기차로 거의 한 시간을 달려왔으니 꽤 먼 거리였다. 태어나서 지금까지 파벨을 떠나 본 적이 없는 나로서는 창밖 풍경이 낯설 수밖에 없었다.

기차는 물 흐르듯 빠르게 달렸고 나는 이내 방금 읽던 『이야기』 속으로 빠져들었다. 뉴턴이 조폐국장을 지냈다는 것은 처음 알았다. 솔직히 위대한 과학자와 조폐국장은 좀 어울리지 않았다.

'하긴 뉴턴도 사람인데, 세속적인 삶을 완전히 거부할 수는 없었겠지.'

　세속적인 삶? 그 단어가 왜 떠올랐을까. 조폐국장을 했다고 세속적인 삶이라고 할 수 있을까. 그 전에 나 자신이 벌써 뉴턴에 대한 어떤 선입견을 갖고 있는 것은 아닐까. 위대한 인물이라면 보통 사람과는 다른 정신세계를 가지고 고고하게 살았을 것이라는 선입견. 도대체 그런 선입견은 어떻게 생긴 것일까. 배운 것일까 아니면 원래부터 있었던 것일까.

　나는 고개를 돌렸다. 창밖 풍경이 다시 눈에 들어왔다. 푸른 들판과 울퉁불퉁 구불거리는 산등성. 자연은 밋밋하다는 생각이 들었다. 파벨은 얼마나 변화무쌍한가. 하늘을 찌를 듯 치솟은 무수한 마천루들. 그 사이로 자기부상열차가 뱀처럼 휘감아 돌아가는 2층, 3층의 고가 철로. 건물과 건물 사이를 오가는 수많은 드론들…….

　세상의 모든 물질은 서로 끌어당긴다는 뉴턴의 발견은 위대한 것이었다. 그것은 확실히 보통 사람이 생각하기 어려운 것이다. 뉴턴의 눈이 특별히 다르지 않다면 모두가 본 것을 뉴턴도 보았을 텐데, 어떻게 그런 생각을 할 수 있었을까. 나도 뉴턴처럼 아무도 생각하지 못한 것을 생각할 수 있을까. 그런 생각이 떠올랐을 때의 기분은 어떨까. 아마도 미치고 팔딱 뛸 정도로 기분이 좋을 것이다. 그런 생각을 할 수 있는 사람의 삶은 얼마나 흥미롭고 놀라울 것인가.

유리가 생각났다. 파벨에서 그와 함께 보냈던 시간들이 주마등처럼 스쳐 지나갔다. 유리는 아마도 언젠가 뉴턴처럼 아무도 생각하지 못한 것을 생각할 인물이 될지도 모른다. 그 사건 이후 여태 유리를 보지 못했다. 이제 훌쩍 파벨을 떠나왔으니 더는 유리를 볼 수 없을지도 모른다. 마음 한구석이 허전해 왔다. 고개를 들어 창밖을 내다보았다. 초여름 들판이 푸른빛으로 물결쳤다. 햇살은 화창하고 만물은 생동감으로 넘쳐흘렀다. 유리의 얼굴이 희미하게 유리창에 어른거렸다.

나는 차창에 닿을 듯 얼굴을 바짝 붙였다. 눈을 치켜뜨며 하늘을 올려다보았다. 구름 한 점 없는 파란 하늘이었다. 새 한 마리가 배회하고 있었다. 가만, 새가 아니다. 동그란 원반처럼 생겼다. 드론이었다. 그제야 멀리 들판 한가운데에 누군가가 서 있는 것이 보였다. 그가 드론을 조종하고 있는 것 같았다. 기차가 길게 곡선을 그리면서 점점 드론을 날리고 있는 사람 쪽으로 다가갔다. 어렴풋이 얼굴을 알아볼 정도로 가까워졌다. 남자아이였다. 드론은 아까보다 더 높이 떠서 마치 한 마리 독수리처럼 배회하고 있었다. 남자아이가 고개를 돌려 우리가 탄 기차를 보았다. 내 나이 또래쯤으로 보였다. 그는 머리에 헤드셋을 쓰고 양손으로 드론 조종기를 들고 있었다. 기차가 그 아이와 가장 가까워졌을 때 아주 짧은 순간이 었지만 나와 눈이 마주쳤다. 바깥에서 내가 보일지는 알 수 없었지만 어쩐지 나를 보았다는 느낌이 들었다. 기차는 금방 그를 지나쳤다. 나는 고개를 돌려 그의 뒷모습을 잠깐 보았다. 기차가 뱀처럼 반대방향으로 틀어서 더는 보이지 않았다. 드론은 한참 동안 보였다.

"창밖에 뭐가 있니?"

엄마 목소리였다. 나는 못 들은 척 창밖만 주시했다.

십 분 뒤 기차는 블린에 도착했다. 나와 엄마는 역에서 나와 자율주행차를 탔다. 위치를 말하자 자율주행차는 우리가 이 도시에 처음임을 알아봤다. 그러면서 묻지도 않았는데 블린의 행정구역에 대해서 설명했다. 시청 주변에 모든 관공서가 모여 있고 사람들도 거의 반경 3킬로미터 안에서 살고 있다고 했다. 내가 행정구역이 꽤 넓은데 왜 그렇게 사느냐고 묻자, 대부분 실직자들이어서 굳이 외곽 등지에 떨어져 살 이유가 없다는 것이었다. 나는 속으로 당연한 걸 물었다는 생각이 들었다. 혹시 이 똑똑한 기계가 엄마마저 실직자로 여기는 것은 아닌가 싶어 별로 호감이 가지 않았다. 엄마는 아무 표정 없이 창밖만 내다보았다.

시청 앞을 지날 때 자율주행차는 왼쪽을 보라며 저곳이 시청이라고 말했다. 시청 앞에서 차는 우회전을 했고 넓은 8차선 도로가 멀리까지 뻥 뚫려 있었다. 양 옆으로 멀리 고층 아파트가 보이고 도로 옆은 단독주택들과 상가들이었다. 약간 내리막길을 달려가다가 신호에 걸려 차가 멈췄다. 자율주행차가 말했다.

"왼쪽 옆에 보이는 저 건물이 블린에서 가장 유명한 임상 빌딩입니다."

거무튀튀한 색의 크고 높은 건물이 우뚝 솟아 있었다. 자율주행차가 특별히 저 건물을 소개하는 것을 보면 뭔가 사정이 있는 것 같았다. 차는 8차선 도로를 약 2킬로미터 이상 달려와서 우회전을 했다. 넓진 않지만 반듯한 골목길이 나왔고 단독주택들 사이로 차는 몇 번 좌회전 우회전을 했다. 그리고 한 건물 앞에 섰다.

집은 깨끗했다. 난생 처음으로 살던 집을 떠나 다른 집으로 왔다. 파벨에서 살던 집보다 훨씬 작았다. 그러나 그게 더 낫다는 생각이 들었다. 솔직히 파벨의 집은 너무 컸다. 비어 있는 방이 대부분이었고 거실이나 서재도 지나치게 커서 늘 텅 비어 있다는 생각이 들었다. 엄마는 각종 가전 기기들이 제대로 작동하는지 확인했다. 대부분 자동 시스템이라서 솔직히 확인할 것도 없었다. 고장이 나면 자동으로 신고가 들어가서 기술자들이 알아서 달려올 것이다. 아무리 실직자 도시라고 해도 말이다. 그러니까 엄마는 괜한 수고를 하고 있는 거였다. 늘 엄마는 이렇듯 무엇이든 본인 손으로 확인해야 직성이 풀렸다.

내 방도 침대가 대부분을 차지할 정도로 작았다. 책상 위에는 파벨에서 쓰던 그대로 물건들이 놓여 있었다. 옷장의 옷들도 마찬가지였다. 아침 일찍 파벨의 집에 이삿짐센터 직원들이 와서 실어 간 물건들이었다. 사실 생활에 필요한 기본 물건들은 이곳에 이미 있을 거여서 가져올 것이 별로 없었다. 그야말로 내가 쓰던 물건과 옷가지가 전부였다.

『이야기』를 켤까 하다가 그만두었다. 별로 내키지 않았다. 침대에 누웠다. 세제 냄새가 났다. 파벨이라면 곧바로 민원센터에 메시지를 올렸을 것이다. 하지만 이곳은 아직 낯선 곳이다. 그리고 이제부터 이곳에 적응해서 살아야 한다. 엄마도 내가 그러기를 바랄 것이다. 잠시 눈을 감았다. 기차에서 보았던 들판의 아이가 떠올랐다. 오래전부터 드론을 통해 하늘을 날고 싶은 소망이 있었다. 하지만 파벨에서는 엄두도 내지 못할 일이었다. 드론은 시에 등록한 전문가들만이 날릴 수 있었다. 고층 건물과 복잡한 도로, 그리고 수많은 드론들이 하늘에 떠 있기 때문에 훈련을 받은 숙련된 전문가가 아니면 드론을 띄울 수 없었다. 그런데 방금 온 길을 되살려보면 블린은 시내만 조금 벗어나면 완전히 허허벌판이었다. 이런 곳이라면 기술이 없어도 드론을 날릴 수 있을 것 같았다. 한번 희망을 품어 보는 것도 전혀 쓸데없지는 않을 것 같았다.

음악이 듣고 싶었다. 컴퓨터를 켜고 오디오 플레이어를 클릭했다. 말러의 음악이 흘러나왔다. 나는 블루투스 헤드폰을 쓰고 침대에 누워 눈을 감았다.

다음 날 새로 다닐 학교에 갔다. 넓은 운동장과 붉은 사각형 건물이 정문에서 올려다보였다. 4층 건물이었는데 한눈에 봐도 오래되고 낡았다는 인상을 주었다. 나는 운동장 옆으로 난 포장길을 걸어 교실로 들어갔다. 교실에는 열댓 명 정도의 아이들이 앉아 있었다. 내가 들어가자 아이들이 수군거리기 시작했다. 스쿨넷으로 이미 나에 대한 정보를 파악한 듯했다. 아마도 아이들은 내가 파벨에서 온 것을 부러워할지도 모르겠다. 파벨은 국내 최고의 도시다. 국가의 모든 핵심 기관과 시설이 그곳에 다 있다. 전체 인구의 20퍼센트가 살고 있으며 한마디로 국가의 부와 경제, 정치가 집중되어 있다.

"부모님이 뭐 했지?"

"그건 스쿨넷에 안 나와, 개인 정보라."

"당연하지. 내가 좀 찾아봤지. 엄마가 판사라고 하던데."

"판사?"

"그럼 실직자가 아냐?"

나는 빈자리에 앉았다. 신경 쓰지 않으려고 했지만 들려오는 소리를 안 들을 수는 없었다. 거슬렸지만 참았다. 전학은 처음이라 좀 어색하고 거북했다. 아이들의 눈빛이 편안하지 않았다. 누구 하나 나서서 인사도 청하지 않았다.

교실 문이 잠겨서 안으로 들어가지 못했던 어린 시절이 생각났다. 학교란 곳에 처음 가고 얼마 지나지 않았던 때였다. 교실 문 앞에 몇몇 아이들이 서서 발을 동동 구르고 있었다. 나는 영문을 모른 채 그들을 헤치고 들어가 교실 문 손잡이를 잡았다. 그러나 문은 열리지 않았다. 키가 작아 안이 잘 보이지 않았다. 안에서 아이들이 깔깔대는 소리가 들렸다. 바깥에서 아이들은 문을 손으로 두드리고 발로 걷어차며 열라고 소리쳤다. 그러나 문은 쉽사리 열리지 않았다. 어떤 아이는 눈물을 흘렸다. 어느 순간 나도 이상하게 불안감이 몰려왔다. 안에 들어가지 않으면 큰일이 날 것 같았다. 안에 있는 아이들이 너무 부러웠다. 선생님이 오고 나서야 안에 있는 아이들이 문을 열었다. 우르르 몰려 들어간 아이들은 안에 있던 아이들에게 복수할 거라고 고래고래 소리쳤다. 나중에 가서야 그것이 일종의 게임이라는 것을 알았다. 몇 번이고 바깥에서 마치 추방당한 사람처럼 고립감을 느끼고 난 후에야 안에서 정반대의 감정을 맛볼 수 있었다. 안의 편안함과 안온함을.

"판사라면 실직을 해도 곧장 취업하지 않을까."

"그것도 이제는 옛말이지. 인공지능 덕분에 판사도 멸종직업에 올라간 지 오래되었지, 아마."

"야, 너네는 할 얘기가 그렇게도 없냐. 새 친구가 왔으면 정중하게 환영을 해야지, 그게 뭐냐 지질하게."

나는 고개를 돌리지 않았다. 목소리만 듣고도 외모를 짐작할 것 같았다. 덩치는 아마도 산만 할 테고 입은 하마 입을 능가해서 얼굴의 절반을 차지할 것이다. 그렇지 않고서야 저런 괄괄한 소리가 나올 리 없다.

"반갑다. 난 마두라고 한다."

검은 바지를 입은 다리가 내 바로 앞에서 멈췄다. 어쩔 수 없이 고개를 들었다. 예상했던 대로였다. 키가 멀대같이 컸다. 코도 크고 눈이 수리부엉이를 닮았다. 입은 생각보다 작았다. 눈빛과 달리 인상은 순해 보였다.

"난 시아."

내가 짧게 대답했다. 그 녀석이 씩 웃었다.

"그래도 판사의 하방(실직자가 실직자들이 모여 사는 도시로 이사하는 것을 말함)은 자주 있는 일이 아닌데."

대각선으로 앞쪽에 앉은 여자아이가 나를 쳐다보며 물고 늘어지려고 했다.

"하방 아냐. 이곳에 새 판사님으로 부임한 거라고."

마두가 대신 변명했다. 인터넷을 열심히 들춰 본 모양이었다.

"뭐, 새 판사?"

몇몇 아이들이 동시에 소리쳤다. 실직자 도시에 실직자가 아닌 사람이 오는 경우는 드문 일이긴 할 것이다. 어쨌든 사람이 사는 곳이니 소송이 없지는 않을 테고, 재판을 하려면 판사도 있어야 할 터였다. 그때 출입문이 열리고 한 친구가 들어왔다. 순간적으로 나와 눈이 마주쳤다. 어디서 본 얼굴이었다. 마두가 소리쳤다.

"해태야, 새로 온 친구야. 시아, 우시아 맞지?"

스쿨넷에서 이름 정도는 다 봤을 것이다. 내가 나를 소개한 게 멋쩍었다. 해태라는 친구도 이미 내가 누군지 알고 있을 것이다. 해태는 표정이 밝지 않았지만 어색하게 웃음을 지었다.

"반갑다. 우린 초면이 아니지?"

해태가 얼굴을 붉히며 말했다. 그 순간 어제 들판에서 드론을 띄우던 아이가 생각났다.

"아, 드론?"

"맞아."

"둘은 벌써 아는 사이야? 요즘은 뭐든지 빠르군. 아무튼 이 친구는 드론 천재야. 드론에 관해서는 뭐든 척척 박사야."

마두는 묻지도 않은 것을 술술 털어놨다. 해태가 더욱 얼굴을 붉히며 마두를 제지했다. 해태는 창가 쪽 빈자리로 가서 앉았다. 마두도 갑자기 할 말이 없는지 어정쩡하게 서 있다가 자기 자리로 갔다.

아이들은 모두 각자의 자리에서 HMD를 쓰고 자율학습에 들어갔다. 아무리 나에 대한 정보를 이미 학생들이 다 알고 있다고 해도 한번쯤은 선생님이든 누구든 내 소개를 해 줘야 정식으로 이 학교에 온 느낌이 들지 않을까. 약간 서운함마저 들었다.

누군가가 내 어깨를 눌렀다. 나는 고개를 돌렸다. VR안경 때문에 앞이 보이지 않았다. 나는 HMD를 벗었다. 그러나 내 앞에는 아무도 없었다. 누군가 황급히 출입문을 열고 나가는 것이 보였다. 수업은 이미 끝나 있었다.

"녀석, 부끄러워하기는."

마두가 다가와 빈정거렸다.

"누구지?"

마두가 잠시 머리를 긁적이며 허공 속으로 눈동자를 돌리더니 어쩔 수 없다는 듯 나를 쳐다보며 말했다.

"유리."

나는 내 귀를 의심했다. 유리? 얼마 만에 들어보는 이름인가. 파벨에서 보지 못한 지 벌써 몇 개월이 지났다. 그런데 그 유리가 맞단 말인가. 그가 어떻게 이곳 실직자 도시에 있단 말인가.

"그 친구도 파벨에서 왔을걸. 개학하고 한 달쯤 지났을 때였나?"

마두가 말했다. 그렇다면 유리가 맞다. 그 무렵이면 유리가 학교에 나오지 않은 때와 얼추 맞다. 그 일이 있고 나서였으니까.

"저 녀석은 혼자밖에 몰라. 수업 시간 외에는 거의 대부분을 배스훈련만 하고 있어. 아주 지독한 놈이야. 뭐가 돼도 될 놈인데, 저런 놈이 뭐가 되면 무슨 일이 벌어질지 알 수 없어."

마두가 고개를 절레절레 흔들었다. 높은 곳에 매달린 나뭇가지가 바람에 흔들리는 것 같았다. 그런데 나를 확인했으면서 왜 달아났을까. 나를 보고도 도망을 치다니 왠지 섭섭했다. 어쨌든 전혀 생각지 못한 일이라 정신이 얼떨떨했다.

"그런데 둘이 아는 사이야? 파벨은 엄청 큰 도시라고 들었는데."

"그, 그러니까……."

나는 얼버무렸다. 안다고 하면 마두가 꼬치꼬치 캐물을 것 같아서 가만히 있었다. 마두는 더 이상 따져 묻지 않았다.

"철조망 절단 사건 때문에 사람 다 버려 놨어."

"철조망 절단 사건? 누굴?"

"누군 누구야, 유리지. 유리 저 녀석이 처음 왔을 때만 해도 저렇게 배스훈련을 열심히 하지 않았어. 도서관에 처박혀 공부만 했지. 철조망 절단 사건 이후부터 저렇게 지독하게 배스훈련을 해 대더라니까. 저러다 신경세포가 배겨 나지 못할 텐데."

나는 무슨 말을 하는지 이해가 되지 않았다. 철조망 절단 사건은 뭐고, 배스훈련은 다 뭔가. 물론 배스훈련은 파벨에도 있다. 파벨에서 유리는 배스훈련을 열심히 하지 않았다. 나도 그랬다. 뇌의 능력을 물리적으로 강화하는 것 자체를 받아들이고 싶지 않았다.

"쉿, 해태에게는 철조망 절단 사건 말하지 마."

마두가 낮게 말하며 고개를 돌렸다. 그가 가리키는 곳에 해태가 있었다. HMD를 머리 위에 걸친 채 이쪽을 보고 있었다. 마두가 어색하게 손을 흔들었다.

수업이 끝나고 교실을 나섰다. 복도를 걸으며 주위를 돌아보았으나 유리는 보이지 않았다. 교문 앞에서 마두와 해태를 만났다. 집이 같은 방향이었다. 우리는 자연스럽게 함께 걸었다. 학교에서 조금 걸어 사거리로 나오자 시청이 보였다. 그런데 시청 앞에 많은 사람이 모여 서성대고 있었다. 가까이 다가가서 보니 사람들이 시장 면담을 요청하고 있었다. 표정들이 밝지 않았다.

"무슨 일이야?"

내가 물었다.

"응, 저, 저건……"

마두가 해태 눈치를 보며 말을 더듬거렸다. 해태는 굳은 얼굴로 그들 앞을 지나쳤다. 마두가 도저히 참을 수 없었는지 입을 열었다.

"철조망 절단 사건 때 다친 사람들 보상해 주고 명예 회복시켜 달라고 시장에게 요구하고 있는 거야."

"도대체 철조망 절단 사건이 뭐야?"

내가 조금 큰 소리로 물었다. 그것이 유리와도 관련이 있는 것 같아 진짜 궁금했다. 해태가 매서운 눈빛으로 뒤를 돌아보았다. 나는 가슴이 철렁했다. 마두가 해태 앞에서 말하지 말라고 했었는데. 아니, 그런데 마두 본인이 먼저 그 약속을 깼잖아. 나는 더 이상 묻지 않았다. 무슨 일인지 모르지만 해태가 저렇게 나올 정도면 말을 조심하는 게 예의일 것도 같았다. 조용히 걸어갔다. 사람들이 웅성거리던 소리도 더는 들리지 않았다. 아파트 단지와 단독주택으로 갈리는 사거리에서 해태가 말했다.

"내일 수업 끝나면 드론 날리러 갈 거야. 함께 갈래?"

"응? 물론이지. 오케이!"

나는 밝게 웃었다. 그건 해태가 무서운 눈으로 쏘아본 걸 화해하겠다는 뜻이었다. 마두도 손뼉을 쳤다. 덩치에 어울리지 않았다. 드론으로 하늘을 난다, 진짜 한번 해 보고 싶었는데 이곳에서 그걸 실현하다니 믿기지가 않았다.

"독수리가 왜 하늘 높이 나는지 알게 될걸."

마두가 한마디 했다. 그래도 나는 철조망 절단 사건에 대해서 듣지 못해 좀 아쉽기는 했다. 나는 손을 흔들며 둘과 헤어졌다. 둘은 아파트에 살고 있었다. 우리 집은 단독주택 단지 끝에 있는 5층

짜리 빌라였다. 단독주택들이 끼고 있는 골목길은 이끼가 낀 담벼락을 따라 풀들이 자라고 있었고 가끔씩 꽃이나 채소를 심은 화분들이 눈에 띄었다. 내일 드론을 날린다고 생각하니 괜히 발걸음이 빨라졌다.

2. 로봇개

집에는 아무도 없었다. 물론 있을 사람은 엄마뿐이지만.

나는 거실 바닥에 벌렁 드러누웠다. 아빠가 생각났다. 이제는 거기에 아빠가 있다는 것만 느낄 뿐 아빠의 얼굴은 희미하게 흐려져 있다. 아빠를 생각하면 늘 떠오르는 사진 속의 모습이다. 우리 가족이 함께 찍은 유일한 사진이다. 솔직히 아빠에 대한 기억은 별로 없다. 하긴 엄마도 마찬가지다. 지금 함께 살고 있으니 엄마지 내가 엄마에게 어떤 감정을 가지고 있는지 나도 모르겠다. 엄마는 늘 바빴다. 아빠도 그랬다.

아득한 과거 어느 일요일 날, 가족 모두가 한 집에 있었다. 무척 드문 일이었다. 엄마가 부지런히 도시락을 만들어 처음이자 마지막으로 집 근처 공원에 갔다. 거기서 지나가는 사람에게 부탁해서 사진을 찍었다. 기억이 난다. 나는 아빠 옆에 붙어 있었고 엄마는 조금 멀뚱히 서서 포즈를 취했다. 얼른 보기에도 화목한 가정 같아 보이지는 않는다. 사진을 찍어 준 사람도 그런 느낌에 부담스러웠을 듯하다. 두 사람 다 조금 지친 듯한 표정. 나는 무뚝뚝하게 앞만 보고 있다. 지금은 그 사진이 어디에 있는지 모른다. 아마도 엄마가 어디엔가 보관하고 있을 것이다. 그러니까 내가 떠올리는 그 사진은 언제나 내 머릿속에 있었다. 세월과 함께 사진은 내 머릿속에서 바래져 갔다.

나는 세상 돌아가는 것에 별 관심이 없다. 혼자 고립되어 있다는 생각을 할 때가 많다. 친구도 별로 사귀지 못했고 무엇이든 적극적으로 해 본 것도 없다. 내가 드디어 사춘기라는 나이여서 그런가 하는 생각이 들다가도 도무지 그런 것과 어울리지 않는 나 자신을 돌아보면 결코 사춘기 호르몬 이상 때문인 것 같지는 않다. 나는 게임도 별로 좋아하지 않고 아이들과 어울려 다니며 몰래 술 담배 하는 것도 관심이 없다. 때로 소셜미디어에서 서슴없이 흘러나오는 저질 난장판 대화를 볼 때면 친구란 인간들이 환멸스럽기까지 하다. 확실히 이 시대는 뭔가 비정상적이며 본질을 잃어버리고 있는 게 아닐까 하는 생각이 들 때면 나는 도대체 무엇 때문에 이런 세상에 살고 있을까, 자문한다. 사실 바로 그것을 알고 싶다.

내가 진정으로 간절히 알고 싶은 것은 이 세상은 왜 이렇게 생겨 먹었을까 하는 것이다. 가끔씩은 이런 생각에 빠져 있는 내가 문제 아라는 생각이 들어 불안하기도 하다.

파벨 시립 도서관에서 유리와 함께 책을 읽던 때가 아련히 떠오른다. 도서관 바로 옆에 아주 큰 인공 호수가 있었다. 밤에 도서관에서 내려다보면 호수 위에 비친 도시의 불빛이 무척 아름다웠다. 그러나 호수 주변을 걷는 사람은 거의 없었다. 그래서 호수를 내려다볼 때마다 황량하고 쓸쓸하다는 느낌이 들었다. 그런 느낌 때문에 유리를 생각할 때면 늘 호수도 함께 떠오른다.

유리는 열일곱 살이라고 하기엔 도저히 믿을 수 없을 만큼 많은 책을 읽었다. 그렇다고 지식을 자랑하는 그런 가벼운 아이도 아니었다. 그의 입에서 나오는 말들은 모두 진지하고 솔직했다. 나는 책을 그리 즐기는 편은 아니었는데 과제물 때문에 도서관에 갔다가 우연히 유리를 만났다. 유리는 같은 반이어서 익히 알고는 있었지만 친한 사이는 아니었다. 아마도 내가 유리에게 관심이 있었던 모양이다. 그 뒤에도 나는 숙제를 한다는 핑계로 도서관엘 갔고 그때마다 유리를 발견해 조금씩 가까워졌다.

"유니버설 라이브러리에 가면 웬만한 책들은 다 있는데, 굳이 도서관에 오는 이유가 뭐야?"

내가 물었다. 유리가 대답했다.

"종이책과 전자책은 우리 뇌가 이해하는 방식 자체가 달라. 진화적 차원에서 우리 뇌는 종이책에 최적화되어 있지. 나는 종이책을 보면 온갖 상상력으로 머릿속이 꽃처럼 활짝 피는 느낌이 들어. 그런데 전자책은 모래 위에 쓰인 글자 같아. 읽는 순간 바람에 싹 날려 버려 머릿속으로 들어오질 않아."

어느 날은 이런 얘기도 했다.

"블랙홀은 우주의 구멍이야. 공간에 구멍이 난다는 것은 시공간의 연속성이 붕괴된다는 뜻이야. 아인슈타인은 중력의 원인을 알고 싶어 상대성이론을 만들었지만 그 방정식 안에 블랙홀이 들어 있는 줄은 꿈에도 몰랐지. 과학은 우주라는 바다 위에 떠 있는 등대와 같아. 등대의 불빛이 빛나면 빛날수록 바다는 더 멀리까지 보일 수 있지. 블랙홀은 우주의 등대야. 빛나지 않는 등대."

유리가 가볍게 웃었다. 빛나지 않는 등대라는 표현이 재미있었던 것 같다.

"우주 안에서는 우주를 다 알 수 없어. 바다를 벗어나야 바다가 어떻게 생겼는지 알 수 있듯이 우주를 벗어나야 진정으로 우주를 이해할 수 있지. 그러자면 블랙홀을 완전히 이해해야만 해. 말하자면 블랙홀은 우주를 벗어나는 통로와 같아."

"우주를 벗어나는 통로?"

"웜홀이니 화이트홀이니 들어 봤지? 그런 것들도 일종의 우주의 구멍이라고 할 수 있어. 그걸 완전히 이해하게 된다면 우리는 우주를 정복하게 될 거야.”

“정복? 우주를 정복해야 하는 거야?”

유리가 눈을 가늘게 뜨고 나를 바라보았다. 잠시 생각하는 표정이었다.

“네게만 비밀을 말해 줄게.”

“응? 뭔 비밀?”

“이건 아무도 이해할 수 없는 비밀이야. 나도 아직 정확하게 모르겠어. 하지만 난 경험했어. 그건 내게 계시와도 같은 거였어.”

그때 유리의 표정은 너무 모호했고 눈빛은 알 수 없는 심연을 들여다보고 있는 것 같았다. 나는 순간 호기심으로 심장이 멎을 것 같았다. 유리도 처음 누군가에게 자신의 비밀을 털어놓는 듯 쉽게 입을 열지 않았다. 이윽고 유리가 말했다.

“나는 우주가 움직이는 소리를 들었어.”

“뭐라고?”

처음에 나는 무슨 소린지 알아듣지 못했다. 우주가 움직이는 소리라니? 유리도 무엇인가 더 말하고 싶어 했으나 더는 말을 잇지 못했다. 다만 이렇게 말했다.

“그건 내게 계시였어. 우주를 이해하는 데 내 평생을 바쳐야 한다는…….”

그 순간 나는 유리가 그냥 평범한 아이로 보이지 않았다. 자신의 꿈을 향해 원대한 항해를 떠나는 아르고호의 이아손처럼 보였다. 그때 나는 나도 모르게 유리에게 이런 말을 하고 말았다.

"약속 하나 할 수 있어?"

"무슨 약속?"

"블랙홀의 비밀이 밝혀지고 우주를 완전히 정복하는 날, 이 세계가 어떻게 생겼는지 내게 말해 줄 수 있어?"

"그, 그야……."

유리의 얼굴에 당황하는 빛이 역력했다. 내가 덧붙였다.

"난 정말 이 세계가 어떻게 생겼는지 알고 싶어. 우주를 완벽하게 이해할 수 있다면 이 세상이 어떻게 생겼는지도 알 수 있을 거 아냐?"

"물론 그렇지."

"그땐 우주가 움직이는 소리가 뭔지도 알 수 있을 것 같은데?"

"……."

유리는 얼른 창밖으로 눈길을 돌렸다. 나는 일어서서 호수를 내려다보았다. 호수의 검은 물 위로 도시의 불빛이 일렁거렸다. 어느새 유리도 내 옆에 서서 호수를 내려다보고 있었다.

사건은 아주 사소한 것에서 시작되었다. 새 학기가 시작되자마자 한 친구가 전학을 왔다. 전학 온 친구의 이름은 경수였다. 나는 그가 자신의 이름을 소개했을 때 이름과 이미지가 잘 어울린다고 생각했다. 곱상한 외모에 호리호리한 몸매, 싱긋 웃는 표정이 착해 보였다. 하지만 첫인상은 직관일 뿐이었다. 직관은 때로 현실과 부딪치면 형편없이 부서질 때가 많다.

아이들과 전혀 대화도 하지 않고 자율학습 프로그램을 켜 놓기만 할 뿐 잠만 자던 그가 하루아침에 티라노사우루스처럼 변한 것은 누군가가 그의 전력을 스쿨넷에 올린 것 때문이었다. 물론 나도 그것을 통해 그가 누구인지 알게 되었다. 경수는 블록사이퍼즈의 CEO 아들이었다. 블록사이퍼즈는 꽤 이름 있는 보안 솔루션 회사다. 어쨌든 경수는 최근 몇 년 사이에 벌써 세 번이나 학교를 옮겼다. 친구들에게 폭행을 휘두른 것이 주요 죄목이었다. 거의 습관이자 버릇인 듯했다. 짐작컨대 새로 옮긴 학교에서 제발 조용히 지내라는 아버지의 요청이 있었을 텐데 제 버릇 남 못 준다고 결국 과거 전력이 그의 분노에 불을 지르고 말았다.

교실에 들어오자마자 누가 스쿨넷에 글을 올렸냐며 소리를 지르더니 의자를 발로 걷어차고 책상을 밀치며 행패를 부렸다. 도우미로봇이 그를 제지하려고 했다. 그러나 도우미로봇마저 차고 때렸다. 로봇이 얻어맞으면서 그에게 호메오스타시스(정신항상성 물질) 알약을 내어놓았다.

"그런 행동은 타인에게 피해를 줍니다."

"저리 치워! 나는 그따위 약은 먹지 않아!"

경수는 도우미로봇의 손에 든 약을 손으로 쳐서 떨어뜨렸다. 도우미로봇이 약을 주우려고 몸이 숙이는데 엉덩이를 걷어차 쓰러뜨렸다. 로봇이 일어나려고 허리를 구부리자 다시 걷어찼다. 로봇이 주저앉았다.

아이들의 학교생활을 도와주는 도우미로봇에게 폭력을 행사하는 것은 엄격하게 금지되어 있다. 도우미로봇은 교사의 업무를 대신해 아이들의 출석을 체크하고 수업을 도와주고 일상을 관리한다. 그런 로봇에게 이유 없이 위해를 가하고 화풀이하듯 감정적으로 대하면 공감 능력이나 감정 조절에 문제가 있다고 판단해 심리 상담자 목록에 오른다.

누군가가 참지 못하고 소리쳤다.

"그만해! 로봇이 뭔 죄가 있어?"

"흥, 이따위 기계 나부랭이에게 무슨 동정이야!"

경수가 다시 로봇에게 폭력을 가하려고 했다. 그때 유리가 막아섰다.

"그만하지."

"뭐라고? 이 새끼가!"

평소에 조용하던 유리가 망나니 같은 경수의 행동에 관여할 인물은 아니었다. 그래서 모두가 방관하고 있을 때 유리의 등장은 또 하나의 흥밋거리였다. 경수는 로봇에게 휘두르려던 주먹을 유리에게 날렸다. 유리가 피하려다 넘어질 뻔했다. 여기저기서 우우 하는 소리가 들렸다. 그때 선생님이 달려왔다. 사건은 일단락되었다.

경수는 아무런 징계도 받지 않고 학교를 다녔다. 아이들 사이에서 볼멘소리가 흘러나왔다. 돈이 진실을 덮어 버렸다는 것이었다. 그러나 경수는 아랑곳하지 않고 보란 듯이 충실하게 교실에서 잠을 잤다. 도우미로봇이 몇 번 제지를 했지만 성질만 낼 뿐 태도를 바꾸지 않았다. 그나마 도우미로봇을 두들겨 패지 않은 게 다행이었다.

일주일이 지났을 무렵, 방과 후에 학교를 빠져나가던 경수에게 갑자기 로봇개가 달려들었다. 그걸 목격한 친구들에 의하면 사건은 대략 다음과 같다. 로봇개는 송곳 같은 이빨로 공포에 떨며 달아나던 경수의 다리를 물었다. 쓰러진 경수가 팔로 얼굴을 가리자 그 팔마저 물었다. 경수의 팔과 다리에서 피가 흘러내렸으며 경수는 쇼크로 의식을 잃었다. 주변에 있던 아이들이 119에 신고를 했고 구급차가 와서 경수를 실어갔다. 경찰이 오기 전 로봇개는 스스로 킬 스위치를 작동시켜 자폭했다.

경수는 병원에서 물린 자리에 수십 바늘을 꿰매는 수술을 했다. 하굣길에 많은 학생이 그 광경을 목격했기 때문에 현장 상황에 대한 증언은 수두룩했다. 물론 경수가 어떤 녀석인지 알기에 동정심보다는 고소하다는 반응이 더 많기는 했다. 킬 스위치의 작동으로 로봇개의 주인은 찾지 못했다. 그러나 로봇을 분해한 결과 단순히 반려 로봇개가 아니라 군사용이었음이 밝혀졌다. 군사용은 폐기처분되기 전에 은밀히 밀거래가 되어 반려 로봇개로 바뀌는 경우가 많았다. 성능이나 기능이 반려 로봇개보다 훨씬 뛰어나기 때문에 폐기용이라도 잘만 개조하면 충분히 사용할 수 있었다. 더구나 밀거래로 가격이 덤핑되어 싸게 구입할 수 있다는 이점도 있었다.

경찰은 끝까지 사건을 수사하지 못했다. 일단 누가 로봇개를 풀었는지 알아낼 수 없었고, 경수의 아버지가 더 이상 문제를 확대시키고 싶지 않다며 사건 종결을 요구했기 때문이었다. 일주일 후에 경수는 학교에 나왔다. 그 사건으로 기가 꺾인 것이 아니라 더 기고만장했다. 분명히 지금 이 교실에 있는 누군가가 자신을 해코지하려고 그랬다는 거였다. 특히 그는 유리에게 폭언을 퍼부었다. 유리는 대꾸하지 않았다. 어쩌면 그런 유리의 행동이 경수를 더욱 자극했는지도 모른다.

스쿨넷에 유리의 DNA 정보가 올라왔다. 개인 유전자 정보는 최고 보안 사항인데 누군가가 해킹한 것 같았다. 스쿨넷 관리자가 곧바로 삭제했지만 이미 볼 만한 사람은 다 본 뒤였다. 문제는 심각했다. 유리의 유전자에 특이성이 있었다. 그 유전자는 양면성이 있었다. 그 유전자를 보유한 사람은 천재이거나 사이코패스가 될 확률이 매우 높았다. 오래전부터 그 유전자는 유명해서 과학기사에 가끔씩 올라오기도 하는 것이었다. 스쿨넷에 올라온 글은 사이코패스란 단어가 한눈에 들어오도록 매우 악의적으로 빨갛고 굵게 강조되어 있었다.

유리는 충격을 받았다. 누가 해킹했고 어떤 경로로 스쿨넷에 떴는지도 중요했지만 유리에게는 이미 물 건너간 일이었다. 벌어진 상황 자체를 돌이킬 수는 없었기 때문이었다. 그걸 올린 녀석이 경수일 거라고 대부분 짐작하고는 있었지만 무턱대고 비난할 수도 없었다. 경수가 아닐 수도 있었다. 경수 혼자의 힘으로 국가가 관리하는 데이터를 그렇게 쉽게 해킹할 수는 없을 것이기 때문이었다. 조직적인 어떤 힘이 관여했을 가능성도 있었다. 만약 경수 아버지의 회사라면……

다음 날 유리는 학교에 나오지 않았다. 그다음 날도. 아예 유리는 학교고 어디고 모습을 드러내지 않았다. 온갖 소문이 무성했다. 그러나 진실은 아무도 알지 못했다. 나는 할 수 있는 방법은 다 써 보았지만 유리와 연락이 닿지 않았다. 시립도서관에도 날마다 갔지만 그를 찾을 수 없었다. 보름 정도 지났을까, 유리로부터 한 통의 메일이 왔다. 그게 전부였다. 그 뒤로 지금까지 유리와는 어떤 연락도 취하지 못했다. 메일의 내용은 이랬다.

그날 나는 하나의 생각에 집중하고 있었어. 어쩌면 나도 아직 믿음이 부족했던 것 같아. 내가 알고 있는 우주가 진짜 존재하는 걸까. 우리는 무엇으로 우리의 지각을 신뢰하는 것일까. 뭐, 이런 생각을 하고 있었던 것 같아. 그런데 그때 하나의 소리가 들렸어. 처음에는 그냥 순간적으로 착각한 잡음이나 환청이라고 생각했어. 그러나 다음 순간 다시 그 소리가 들렸어. 지금까지 한 번도 들어보지 못한 소리였어. 그것은 어떤 언어로도 어떤 이미지로도 떠올릴 수 없었어. 소리가 감각기관에 도달한 것은 분명하나 뇌가 그걸 전혀 파악할 수 없었다고 해야 정확한 표현일까. 그런데 진짜 놀라운 것은 그다음에 일어났지. 나도 모르게 나의 머릿속에서 '우주가 움직이는 소리'라는 단어가 떠올랐어. 그 생각은 걷잡을 수 없어 내 머릿속을 휘저었고, 나는 그것을 확신했어. 그리고 잠시 충격과 황홀경에 빠져 있었지. 아쉽게도 그 뒤로 그 소리는 더 이상 들리지 않았어. 하지만 나의 믿음은 전혀 흔들리지 않았어. 나는 지금도 우주가 움직이는 소리를 들었다고 확신해. 로봇개 사건⋯⋯. 세상일은 우리의 의지와 무관하게 일어날 수도 있다는 생각이 들어. 나의 DNA 정보 유출 사건⋯⋯. 무엇이 진실이고 무엇이 거짓인지 그 누가 알 수 있을까. 하긴 내가 사이코패스가 될 가능성은 충분히 있겠다는 생각은 들어. 언뜻 언뜻 내 안에서 광기가 꿈틀댄다는 생각이 들 때가 많았거든. 그동안 고마웠어. 넌 나의 유일한 친구였어.

현관에서 에이아이가 엄마의 지문을 인식했다는 말과 함께 문이 열리는 소리가 났다. 나는 몸을 일으켜 소파에 앉았다. 엄마는 내 쪽은 쳐다보지도 않고 주방 식탁으로 가서 앉았다. 식탁과 소파는 사오 미터 정도 떨어져 있다. 내가 불을 켰다. 엄마의 얼굴이 또렷하게 살아났다. 그리 길지 않은 머리카락을 뒤로 올려 끈으로 묶었다. 이마에서 가지런히 올라간 머리카락의 시작 부분이 희끗희끗했다. 멀리서도 피곤한 기색이 느껴졌다.

엄마는 오늘 시청 바로 옆에 있는 법원으로 첫 출근을 했다. 새로 부임해서 각종 업무를 인수하느라 신경을 많이 썼을 것이다.

"일이 많아?"

내가 물었다. 엄마는 보일 듯 말 듯 고개를 끄덕였다. 엄마가 판사가 된 지는 삼사 년밖에 되지 않는다. 그 전에 변호사를 몇 년 했다.

"넌 학교 괜찮아?"

"응, 좋아. 친구들도 친절하고."

"다행이구나."

그 순간 나는 지금 이 상황이 엄마와 내가 어설프게 연기를 벌이고 있는 어떤 무대처럼 느껴졌다. 사방에서 눈에 보이지 않는 수많은 눈들이 우릴 지켜보고 있는 듯했다. 그들은 우리가 진짜인 줄 알고 연기를 하고 있는지, 아니면 가짜임을 알면서 어쩔 수 없이 연기를 하고 있는지 판별하고 있는 것처럼 생각되었다. 세상은 나 혼자만 사는 게 아니라는 건 나도 안다. 그러나 누군가가 보고 있다고 의식하며 사는 것도 힘든 일이다. 그런데 그런 느낌이 자꾸 드는 것을 막을 수 없는 게 문제다. 생각이 저절로 흘러가는 것을 어떻게 막을 수 있는가. 어쩌면 엄마와 나의 대화가 누군가가 쓴 대본을 읽는 것 같아서 그런 느낌이 들었는지도 모른다.

처음 엄마와 놀이공원에 갔을 때도 그랬다. 아마 여섯 살 무렵이었을 것이다. 나는 그 상황이 현실인지 아닌지 받아들여지지 않았다. 그런 세계를 내 눈으로 본 것은 처음이었기 때문이었다. 내가 이곳은 게임 속 같다고 말하자 엄마는 화를 내며 여기는 놀이공원이고 이 모든 상황은 진짜라고 소리쳤다. 왜 상황에 적응하지 못해 어리둥절해하는 아이의 행동에 대해 그렇게 완고하게 반응했는지 지금도 이해할 수 없다. 그때 엄마의 표정은 아직도 기억에 남아 있다. 그 뒤부터 나는 내 감정을 엄마 앞에서 잘 드러내지 않았다. 말하고 싶어도 그때마다 엄마의 낯선 표정이 떠올랐기 때문이었다.

"내일 퇴근하면 임상 빌딩에 다녀올 거야."

잠시 생각에 잠겨 있는 사이 엄마는 얼른 다른 얘기로 대화를 옮겼다.

"임상 빌딩?"

"법원 직원이 말해 주더라. 여기는 실직자든 직장인이든 대개 소일거리를 거기에서 찾는다고 하더라. 나도 이곳 사람들과 친해지려면 거기부터 가라는 거야. 하긴 나도 언젠가는 실직자가 될 테니 일찍 알아 두면 나쁠 것도 없겠지. 거기 가서 임상 테스트에 참여하면 수고비 대신에 쿠폰을 준대. 그 쿠폰만 있으면 '타임머신'을 마음대로 탈 수 있다는구나."

엄마 목소리가 약간 밝아졌다.

"'타임머신'은 또 뭐야?"

"최첨단 브이알룸(VR room). 임상 빌딩에 같이 붙어 있다고 했어."

그러니까 임상 빌딩에 가서 임상 테스트를 받고 그 대가로 쿠폰을 받으면 그것으로 가상현실에서 시간을 보낸다는 거다. 실직자 도시에만 있는 그럴듯한 프로그램이란 생각이 들었다. 실직자들에게 생계비가 지원되지만 그리 넉넉하지는 않을 테니 말이다. 하지만 엄마는 실직자도 아닌데 굳이 임상 테스트를 받을 필요가 있을까. 아마도 이곳 사람들과 어울리려는 작은 노력인지도 모르겠다.

나는 자리에서 일어나 내 방으로 갔다. 컴퓨터를 켜고 말러의 음악을 틀었다. 유리는 책을 읽지 않을 때 대부분 음악을 들었다. 유리를 알기 전 나는 음악을 가리지 않고 다양하게 들었다. 일레트로닉부터 클래식까지. 그런데 유리를 알고부터는 유리가 좋아하는 클래식 음악만 들었다. 구스타프 말러. 유리가 가장 좋아하는 작곡가다. 말러의 음악을 들으며 감격해하던 유리의 모습이 떠오른다.

"신경회로 속으로, 마치 새로 뚫린 수로로 물이 흘러 들어가듯이 소리가 흘러든다. 모든 틈을 비집고 적셔 드는 소리들. 회로들이 요동치고 세계가 동조한다. 아, 위대한 음악이여, 우주로 울려 퍼지는 숭고함이여!"

유리는 말러의 음악을 들으면 언제나 숭고하다는 생각이 든다고 말했다. 하지만 숭고하다는 말이 떠오른 순간 자기 안에서 일어났던 모든 미묘한 느낌들이 사라지고 오직 숭고하다는 언어 하나만 의식에 남는다고 했다. 나는 그 말의 뜻을 알아듣지 못했다. 지금 나는 말러의 교향곡 2번을 듣고 있다. 악기들이 격렬하게 춤을 춘다. 불안하게 솟구치는 불협화음, 심장을 쥐어뜯는 듯한 날카로운 고음, 그러다 관악기들의 웅장한 울림이 터져 나온다. 나도 모르게 숭고하다는 느낌이 든다. 하지만 숭고하지 않다고 생각하기를 애쓴다. 유리의 말이 자꾸만 말러의 음악을 규정하려고 들기 때문이다. 나는 아름다움을 언어로 생각하지 않으려고 노력한다. 그저 느끼고만 싶다.

우리는 무엇으로 우리의 지각을 신뢰하는 것일까. 우주가 움직이는 소리는 유리에게 어떻게 들렸을까. 어쩌면 그것은 하나의 느낌이었는지도 모른다. 언어 이전에 느낌이 있었다. 그래서 여전히 느낌은 언어로 표현할 수 없는 것이 많다. 유리가 말러의 음악에서 숭고함을 느꼈다는 것은 바로 느낌을 언어로 표현한 것이다. 나는 느낌을 언어로 표현하지 못한다는 이 사실만으로도 내가 의식하는 것들을 별로 신뢰하지 않는다. 의식의 대부분은 언어로 바뀌기 때문이다. 나는 무엇을 위해서 사느냐고 스스로에게 물으면 언어화되지 않은 어떤 느낌들이 내 안에서 들끓는다. 언어가 집요하게 그것을 뒤쫓지만 느낌은 저 멀리 달아나 버린다. 그러니까 우주가 움직이는 소리도, 내가 이 세계에 대해 궁금해하는 것도, 어쩌면 말로 설명할 수 있는 것이 아닌지도 모르겠다. 그저 느낌으로만 전달되는 것인지도.

3. 철조망 절단 사건

잠을 설치고 아침에 일찍 일어났다. 유리를 다시 볼 수 있다는 생각에 좀 들떴던 것 같다. 학교에 가면서도 그 생각이 떨쳐지지 않았다. 그러나 교실에 들어설 때까지 유리는 눈에 띄지 않았다. 어떤 이유에선지 유리는 나를 별로 보고 싶어 하지 않는 것 같다는 느낌이 들었다. 어제 나를 보고도 사라진 것이 아무래도 찝찝했다. 그래도 이 학교를 다니는 이상 언젠가는 보게 될 것이다. 그날을 대비해서 유리를 보면 무슨 말부터 할까 이런저런 생각을 했지만 아무것도 떠오르지 않았다. 에라, 마음 편히 먹고 되는대로 보자.

학교에 오자마자 이상하게 배스훈련을 하고 싶은 마음이 생겼다. 어쩌면 유리에 대한 마두의 말 때문일지도 몰랐다. 유리가 배스훈련에 집중한다고 하지 않았던가. 바로 랩실에 가서 훈련을 신청했다. 그렇게 일찍 훈련을 받는 친구는 드문지 접수가 바로 되었다. 랩실은 3제곱미터보다 조금 넘는 공간에 개인용 fMRI장비와 컴퓨터, 각종 센서 장치들로 채워져 있었다. 둥그런 도넛처럼 생긴 장치 안에 들어가 의자에 앉았다. 기계에 자동으로 불이 들어오기 시작했다. 위에서 헤드셋이 내려와 머리에 씌워지고 디스플레이가 눈을 가렸다. 헤드셋의 내부 구조물이 머리에 밀착되어 꽉 조이는 느낌이 들었다.

배스는 뇌 능력 강화 시스템(Brain Aptitude Enhancement System, BAES, 배스)의 약자다. 미세한 전극 침이 수백 개 달려 있는 헤드셋을 쓰고 앉아 있으면 특정한 영상과 사운드가 흘러나오면서 나도 모르게 뇌가 자극되는 느낌을 받는다. 이를테면 어떤 몰입감이나 충족감이 몰려올 때도 있고 예술 작품을 감상할 때 느꼈던 감동 같은 것이 몰려올 때도 있다. 그러나 항상 그런 것은 아니다. 어떤 때는 심한 불쾌감을 느낄 때도 있다. 그때마다 나는 나의 마음이 어딘가로 강제로 끌려가는 것 같아 기분이 별로 좋지 않았다. 어쨌든 이렇게 인위적으로 신경세포를 자극해 신경회로를 강화시키는 것이 이 훈련의 목적이다. 하지만 사람마다 자극되는 정도가 다르기 때문에 누구나 똑같이 뇌 능력이 향상되는 것은 아니다.

한 시간 조금 넘게 훈련을 하고 랩실을 나왔다. 랩실 옆에는 훈련을 마친 아이들이 휴식을 취할 수 있는 휴게실이 있었다. 푹신한 소파가 몇 줄로 이어져 있었고 한쪽 벽에는 음료수를 빼먹을 수 있도록 자판기가 설치되어 있었다. 나는 탄산음료를 빼서 소파에 앉았다. 잠시 눈을 감고 이런저런 생각에 잠겼다. 그러다 어떤 느낌이 들어 눈을 떴다. 옆에 누가 앉아 있었다. 유리였다.

다시 보니 반가웠지만 드러내고 싶지 않았다. 좀 더부룩한 머리와 사물을 뚫어보는 듯한 날카로운 눈빛은 여전했다. 유리는 무슨 음료인지 꽤 큰 종이컵을 들고 있었다.

"일부러 피하는 것도 어색하고, 잘 지냈어?"

목소리가 좀 이상했다. 자연스럽지 않고 뭔가 의식적으로 꾸며 낸 듯했다.

"응, 네가 여기에 왔을 줄은 상상도 못했어."

최대한 감정을 절제해서 담담하게 말했다.

"그것 때문은 아니었어. 아버지가 갑자기 실직을 했어. 정말이야. 그 덕분에 이곳에 오게 됐어."

처음보다는 조금 나았다. 그래도 뭔가 낯설었다. 나는 엄마의 이직 때문에 이곳에 왔다고 말하려다 입을 다물었다. 그래도 엄마는 아직 실직자는 아니어서 유리에게 부담감을 줄 것 같았다. 어제 유리가 이곳에 있다는 말을 들은 뒤로 유리가 왜 여기에 왔을까 생각을 하면서도 유리 부모님이 실직했으리라고는 생각하지 못했다. 뭔가 로봇개 사건과 DNA 정보 유출 사건과 관계된 일 때문에 유리가 파벨을 떠났을 거라고만 생각했다.

"그건 모두 지난 일이고 난 이곳에서 새로운 삶을 살고 있어."

유리를 돌아보았다. 유리도 나를 쳐다보았다. 얼굴에 웃음기가 보였다. 나도 웃었다. 파벨에서 함께했던 날들이 떠올랐다.

"새로운 삶이라니? 물어봐도 될까?"

"삶에 희망이 생겼다고나 할까. 블린에 잘 온 것 같아."

"그게 무슨 소리야?"

"블린에 궁리연구소가 있는 거 알아?"

"궁리연구소? 처음 들어보는데."

"그래, 차차 알게 될 거야. 아버지는 국가데이터센터에서 일했어. 아직 정년이 되려면 멀었는데 갑자기 해고당했어. 이게 현실이구나 하는 생각이 들었어."

"넌 파벨에서는 배스를 열심히 하지 않았던 것 같았는데."

"그렇지. 이제부터 열심히 하기로 했어. 마치 바짝 마른 이끼에 물이 스며들듯 뉴런이 파릇파릇하게 살아나는 느낌이야. 뉴런이 살아 있다고 느껴져야 나도 살아 있는 거 아냐? 그래서 배스훈련이 갑자기 즐거워졌어. 다 마음먹기에 달린 것 같아."

달라진 목소리만큼 그가 하는 말도 낯설었다. 막 배스훈련을 끝

낸 다른 친구들이 우리 둘을 힐끗힐끗 쳐다보며 지나갔다.

"혹시 아버지가 복직하면 다시 파벨로 돌아가게 되는 거야?"

내가 물었다.

"글쎄, 그럴 수도 있겠지. 하지만 아버지가 복직할 수 있을까. 돌아간다면 내 힘으로 가야지. 그래, 어쩌면 내가 돌아갈 곳은 파벨인지도 모르겠다."

유리의 목소리에 힘이 잔뜩 들어 있었다. 블린에 오길 잘했다고 해 놓고 돌아갈 수 있다면 다시 파벨로 가겠다니 무엇이 진실인지 알아들을 수 없었다. 내가 질문을 잘못하고 있는 건지도 몰랐다. 오랜만에 유리를 만났지만 어쩐지 다시 헤어질지도 모른다는 느낌이 드는 것은 왜일까. 나는 파벨에서 유리와 함께 지냈던 때로 돌아가고 싶었다. 그러나 유리는 이미 그 시절로 돌아갈 수 없는 존재가 된 것 같았다. 나는 솔직하고 싶었다. 유리의 진심을 듣고 싶었다.

"아직도 내가 네 친구인 건 맞아?"

잠시 멈칫하던 유리가 종이컵을 입으로 가져갔다. 목젖이 내려갔다 올라가며 꿀꺽 하는 소리가 났다. 컵을 내려놓으며 유리가 말했다.

"당연하지. 넌 유일한 친구였어."

유리의 목소리는 덤덤했다. 친구였어, 과거형이다. 마음은 딴

데 있는데 예의상 어쩔 수 없이 말한 듯한 느낌. 유리가 먼저 가겠다면서 자리에서 일어났다. 음료수 컵을 쓰레기통에 던졌다. 입구 쪽에서 유리의 뒷모습이 사라지자 모든 것이 영화 속 장면처럼 비현실적으로 느껴졌다.

파벨 시립도서관에서 유리가 했던 말이 떠올랐다.

"내가 집에서 여기까지 오는 동안 나는 42개의 폐쇄회로 카메라와 마주쳤어. 그 카메라의 영상을 순서대로 돌리면 내가 여기까지 오는 동안의 모습을 연속적으로 볼 수 있을 거야. 지금 이 도서관에서도 우리는 끊임없이 카메라에 노출되어 있지."

유리가 손으로 열람실 출입구 쪽 벽을 가리켰다. 벽에 붙은 까만 반원형 물체가 전등 빛에 반사되어 반짝였다.

"저 카메라는 시민을 감시하기 위해서가 아니라 불법을 저지르는 사람을 잡기 위해서 설치되었지. 하지만 범인을 잡기 위해 범인이 아닌 내가 늘 저런 카메라에 노출되는 것이 옳은 일일까. 나는 지금 범죄자가 아닌데 왜 저 카메라가 나를 무단으로 찍어 대는 데도 가만히 있는 것일까. 범죄자를 잡기 위해서 범죄자가 아닌 사람이 잠정적으로 범죄자 취급을 당해도 되는 것일까."

유리가 왜 갑자기 폐쇄회로 카메라니 감시니 하는 사회성 짙은 말을 하는지 그때는 이해하지 못했다. 그런데 오늘 유리의 모습을 보면서 유리의 또 다른 단면을 본 것 같았다. 유리는 자신만의 세계에 빠져 있었던 것은 아니었다.

"다른 관점에서 이 문제를 보자. 만약 건너편 집에서 누군가가 망원경으로 우리 집을 몰래 훔쳐보고 있다면, 이 사실을 몰랐다가 어느 날 알게 되었다면, 그때의 심리 상태는 어떨까. 몹시 기분이 나쁘겠지. 이번에는 내가 거리를 걷고 있는데 폐쇄회로 카메라가 나를 지켜보고 있어. 그런데 이상하게 나는 기분이 나쁘지 않아. 왜일까. 누구나 다 알고 있는 공공 시설물이기 때문일까. 아니면 나를 보고 있다는 것을 알고 있기 때문일까. 두 경우 모두 사생활 침해인데 왜 앞엣것은 매우 기분이 나쁘고 뒤엣것에는 무덤덤할까. 폐쇄회로 카메라와 관계없이 우리는 늘 타인의 눈을 의식하며 살고 있어. 그래서 언제나 자신을 위장하고 있지. 카메라가 있다는 것을 알면서도 무덤덤한 것은 이미 자신을 단단히 위장했다는 걸 의미하고 누군가가 망원경으로 몰래 본 것을 알았을 때 화가 난 것은 미처 나를 위장하지 못한 채 들켜 버렸기 때문이지. 내가 나쁜 짓을 하려고 할 때 나는 주변에 카메라가 있나 살펴봐. 그러나 평소에 내가 카메라를 의식하지 않으며 거리를 활보하는 것은 나는 이 사회의 도덕규범을 잘 지키는 모범시민이라는 것을 은연중에 드러내고 있지. 그 순간 폐쇄회로 카메라는 국민을 감시하는 완벽한 눈이 되는 셈이지. 국가가 폐쇄회로 카메라를 설치한 것은 범죄자를 잡기 위한 것도 있겠지만 국민이 자발적으로 모범시민이 되도록 하기 위한 것도 있는 거야."

그때 나는 유리가 참 똑똑하다는 생각을 했다. 조금은 부럽기도 했다.

오후에 해태, 마두와 함께 전기자전거를 타고 홀가분한 기분으로 흙길을 질주했다. 어제 해태가 약속한 대로 우리는 지금 브이알 드론을 보기 위해 들판을 달리고 있었다. 햇살은 따뜻했고 들판은 푸른빛으로 싱그러웠다. 온통 녹색뿐이었다. 논이나 밭은 볼 수 없었다. 어디고 농사를 짓고 있는 모습은 보이지 않았다. 그냥 풀들이 우거진 들판만 있었다. 길도 사람이 별로 다니지 않아서 곳곳에 아스팔트를 뚫고 풀들이 자라나 있었다. 자전거를 못 탈 정도는 아니었지만 풀들이 장애물처럼 보여 자꾸만 핸들을 돌리게 만들었다.

약간 경사진 기슭에 넓은 바위가 있고 그 뒤로 나무들이 무성한 숲이 시작되는 곳에서 멈췄다. 앞은 들판과 시내가 보일 정도로 확 트였다. 마두가 자전거를 내팽개치고 너럭바위에 벌렁 드러누웠다. 해태는 드론을 꺼내어 상태를 확인했다. 그리고 조종기도 살펴봤다. 이상이 없다는 걸 확인하고 나에게 브이알 헤드셋을 주었다.

해태가 드론을 띄웠다. 처음에는 드론이 빠르게 움직여서 화면이 어지러웠다. 그러나 잠시 후 하늘 높은 곳에서 아래를 내려다보자 시야는 그야말로 장관이었다. 마두의 말이 거짓말이 아니었다. 내가 한 마리 새가 되어 하늘에서 아래를 내려다보는 것 같았다. 몹시 기분이 좋았다. 멀리 희미하게 바다가 보였다. 구불구불한 강이 바다를 향해 거대한 용처럼 굽이치며 흐르고 있었다. 드론이 방향을 틀었다. 시내가 가까이 보였다. 시청과 그 앞으로 질러가는 8차선 도로, 그리고 도로가 끝나는 곳을 가로지르는 철길이 보였다. 얼마 전에 그 철길로 처음 블린에 입성했고 그때 지금처럼 드론을 날리는 해태를 보았었다.

마두는 얼마 전만 해도 이 들판이 가을이면 황금빛으로 변하곤 했다고 말했다. 그러니까 지금 풀이 무성한 저 황무지가 과거에는 농사를 지어 벼들이 누렇게 들판을 장식했다는 말이었다. 그러나 지금은 황무지였다. 어디론가 드론이 매우 빠르게 움직였다. 아까보다 훨씬 가까이 바다가 보였다. 넘실대는 푸른 물결 위로 오후의 햇살이 하얗게 부서졌다. 포구와 작은 섬들도 보였다. 마두는 여름에는 파벨 사람들이 내려와 휴가를 즐긴다고 퉁명하게 말했다. 그러면서 오래전에 이 바닷가 근처에 공장이 있었고 블린은 그 공장의 베드타운이었다고 했다. 그러나 공장은 십여 년 전에 폐쇄되었고 블린은 쇠락의 길을 걷다가 이제는 실직자 도시로 거듭나고 있다는 것이었다.

드론은 다시 방향을 틀어 넓은 구릉지를 보여 주고 야트막한 산과 숲을 지났다. 부서진 건축 더미와 앙상하게 튀어나온 녹슨 철근

들, 불에 탄 듯 줄기만 뻗은 나무와 그 사이로 듬성듬성 보이는 파괴된 건물들, 몹시 황량한 공간이 나타났다. 그곳을 지나쳤나 싶었는데, 갑자기 드론이 무슨 충격을 받았는지 화면이 크게 흔들렸다. 해태가 소리쳤다.

"공격을 받았어!"

그 순간 나는 드론이 보여 주는 낯선 풍경을 보았다. 생전 처음 보는 기이한 모양의 건물이었다. 이슬람풍의 뾰족하고 둥근 나선형의 지붕이 벌집처럼 다닥다닥 붙어 있었는데 얼핏 전체 모양이 피라미드처럼 보였다. 높은 하늘에서 내려다본 모양이 저 정도라면 가까이에서는 엄청나게 클 것 같았다. 현대적이면서도 중세적인 느낌이랄까 아무튼 꽤 독특한 형태였다. 짧은 순간 건물에서 꽤 먼 곳에 길게 뻗은 철조망이 보였다. 그리고 화면이 꺼졌다. 나는 헤드셋을 벗었다.

"카메라가 멈췄어. 얼른 회수해야겠어."

"도대체 무슨 일이야?"

마두가 몸을 일으키며 물었다.

"비행금지구역에 들어갔어. 아마도 궁리연구소일 거야. 거기 감시망이 우리 드론을 발견하고 전자기파를 쏜 것 같아. 촬영을 못하게 카메라부터 부쉈어. 다음에는 격추시키겠지."

"궁리연구소?"

"몰라? 우리 시 외곽에 궁리연구소가 있어. 궁극의 원리 연구소. 줄여서 궁리연구소라고 하지. 거기는 비행금지구역이야. 레이더망이 철통같이 감시하고 있지. 예전에 해성 형이 실수로 금지구역을 넘었다가 격추 당한 적도 있대."

마두가 말했다.

"해성 형?"

내가 물었다.

"아, 해태의 사촌 형이야."

마두가 해태를 바라보며 말했다. 해태는 빠르게 조종기를 만지고 있었다. 오전에 유리도 궁리연구소에 대해서 말했었다. 드론이 돌아왔다. 외관상으로는 멀쩡했다. 전자기파를 맞았으니 회로에 손상을 입었을 것이다. 마두가 드론이 공격 받기 전으로 영상을 되돌렸다.

"여기, 바로 여기서 사건이 터졌지. 망가진 부분을 고친 것 같은데."

마두가 혼잣말로 중얼거렸다. 호기심에 고개를 숙여 마두가 가리킨 것을 보았다. 철조망이 큰길을 가로질러 뻗어 있었다. 멀어서 자세히 보이지는 않았다.

"철조망 절단 사건."

마두가 의미심장한 목소리로 또박또박 말하자 해태가 쏘아보았다. 마두가 움찔했다.

"그만해."

해태가 화면을 끄려 했다. 마두가 저지하면서 조금 큰 소리로 말했다.

"넌 만날 회피하려고만 하지. 그런다고 있었던 일이 없던 일 되냐?"

해태가 고개를 숙였다. 장비들을 정리하기 시작했다.

"리강거 선생님이 말했지. 철조망 절단 사건은 매우 상징적인 사건이라고."

"리강거 선생님은 누구야?"

내가 물었다.

"아, 얼마 전까지 우리 학교 철학 선생님이었는데 최근에 퇴임하셨어. 유일하게 수업 시간에 직접 강의를 하신 분인데, 아이들이 좋아했어. 그런데 철조망 절단 사건이 있고 나서 그 얘기를 많이 하셨는데 어느 날 갑자기 퇴임하시더라고."

"그분이 뭐라고 했는데?"

"분단 시대를 상징한다고. 아, 남북한 분단이 아니라 생각이 단절된 시대를 상징한다고 했어. 철조망이란 것이 공간을 둘로 나누고 서로 적대적으로 만들잖아. 리강거 선생님의 말씀은 궁극의 원리를 연구하는데 그럴 이유가 있냐는 거였지."

"그러니까 비밀 연구소란 거야?"

내가 물었다.

"그래. 어쨌든 시민들은 용감했어. 아무도 생각지 못한 일이 벌어졌으니까."

마두가 다시 너럭바위에 드러누우며 말했다.

"그만 가자."

해태가 장비 정리를 다 했는지 손을 털며 말했다.

나는 이야기를 더 듣고 싶었다. 해태를 붙잡으려면 좀 과감한 행동이 필요할 것 같았다. 나도 마두 옆에 드러누웠다. 너럭바위는 꽤 커서 공간은 충분했다. 갑자기 분위기가 확 달라졌다. 파란 하늘이 눈앞에 펼쳐졌다. 드론으로 내려다보았을 때는 지상의 풍경이 시야를 채웠는데 지금은 그 반대였다. 지상에서 하늘을 올려다보는 것도 흥미로웠다. 나는 슬쩍 고개를 돌려 해태를 보았다. 해태는 다급하게 재촉할 마음은 없는지 들판과 시내 쪽을 바라보고 있었다.

잠시 침묵이 흘렀다. 파란 하늘에 뭉게구름이 천천히 흘러가고 있었다. 갑자기 너무도 한가롭고 평화롭다는 느낌이 들었다. 자연이란 이런 것인가. 파벨에서는 떠올릴 수 없는 생각이었다. 그 순간 이상한 소리들이 들려왔다. 풀벌레 소리였다. 가만히 소리에 귀를 기울였다. 풀벌레 소리만이 아니었다. 알 수 없는 온갖 소리들이 들렸다. 지척에 있는 숲속에서 나무들이 스치는 소리도 들렸다. 새소리도 들렸다. 놀라웠다. 귀를 열자 점점 더 많은 소리들이 들렸다. 때마침 기차가 지나가는지 꽤 먼데도 가늘게 철거덕거리는 소리가 들렸다. 신기했다. 어쩌면 지금 내가 듣는 것보다 훨씬 많은 소리들이 사방에서 나고 있을 것이다. 단지 내가 들을 수 있는 것은 그중에 극히 일부이리라. 그 순간 유리가 떠올랐다. 우주가 움직이는 소리. 이 가운데 그 소리도 있을까. 우주가 움직이는 것을 정말 들을 수 있을까.

"철조망 절단 사건은 블린 사람들의 가슴 깊은 곳에 억눌려 있던 감정의 폭발이었어."

갑자기 마두가 벌떡 일어나 앉으며 말했다. 하늘 저 끝 까마득한 우주로 향해 있던 내 마음이 급전직하 현실로 돌아왔다.

"모든 것이 자동화 시스템으로 돌아가는 세상. 소통 부재의 현실. 아무것도 할 것이 없다는 허탈감. 실패자의 낙인과도 같은 실직. 국가의 지원으로 살아간다는 자괴감. 이런 좌절감과 무력감이 한순간 분노로 터져 나온 것이 철조망 절단 사건이었다고 리강거 선생님이 말씀하셨어."

잠시 침묵이 이어졌다. 조용하던 해태가 예기치 않게 입을 열었다.

"그건 마두가 지나치게 리강거 선생님의 논조로 말하는 거고.

실제로 블린 사람들은 철조망 자체에 불만이 많았어. 일단은 철조망이 블린 시를 가로질러 설치되는 바람에 북쪽으로 올라가는 간선도로가 막혀 버렸어. 파벨처럼 북쪽에 있는 지역으로 가려면 이제는 우회도로로 가야 하기 때문에 무려 삼사십 분 이상 더 걸리게 되었단 말이야. 그래서 간선도로만이라도 열어 달라고 여러 차례 민원을 넣었는데도 궁리연구소에서는 그렇게 할 수 없다는 일방적인 답변만 해 왔지. 거기에 일부 시민이 분노해서 결국 철조망을 절단하는 사건이 벌어지고 만 거야."

줄곧 그 사건을 회피하려고 하던 해태가 어쩐 일인지 자기 생각을 막힘없이 털어놓았다. 해태의 말이 이어졌다.

"국민의 절반이 실직자야. 실직자 도시도 어쩔 수 없는 사회적 현상일 뿐이야. 실직을 핑계로 절망이나 좌절을 호소할 수는 없어. 시대적 흐름으로 받아들여야 한다고."

그러자 마두가 쌍심지를 켜고 대들었다.

"해성 형이 그렇게 말했어? 넌 그 말에 동조하는지 몰라도 난 못 해. 절대 못 해! 사람은 빵만으로 살 수 없어. 의미가 없는 삶은 진정한 삶이 아니야."

"거기서 왜 해성 형이 나와. 형을 모독하는 건 참을 수 없어."

해태가 강하게 대거리했다. 분위기가 험악해졌다. 내가 일어나 말렸다.

"그, 그만해. 그러다가 우정에 금 가겠네."

나도 모르게 생뚱한 농담을 했다. 둘이 조용해졌다. 그게 효과가 있었나? 잠시 뒤 해태가 말했다.

"그만 가자."

"오늘 즐거웠어. 다음에 또 나올 거지?"

"당연하지. 저 녀석은 하루가 멀다 하고 나와. 이제는 아주 지겨워."

"마두 너……."

"아, 알았어. 다음에 같이 안 온다고? 그래 봐야 내 손바닥 안이지."

마두가 두 손을 들어 터는 시늉을 했다. 해태가 피식 웃었다. 나도 덩달아 웃음이 나왔다. 마두가 분위기 메이커임에는 틀림없었다. 해태의 표정도 많이 누그러졌다. 해태가 장비가 든 가방을 양쪽 어깨에 멨다. 마두가 하나를 빼앗아 자신의 어깨에 걸쳤다. 내게는 아무것도 주지 않았다. 나도 뭘 하나 들겠다고 하니까 마두가 비싼 장비라며 망가지면 책임지겠냐고 했다. 우리는 전기자전거를 타고 황무지 들판을 달렸다.

4. 뮤민 화성 탐사선 폭발

식물원 수업 시간이었다. 학교 건물이 끝나는 운동장 가장자리에 약 삼십 제곱미터 크기의 비닐하우스로 된 식물원이 있었다. 나는 식물원 수업이란 것 자체가 처음이라 좀 낯설었지만 호기심은 있었다. 엊그제 해태, 마두와 함께 들판에서 드론을 띄우며 하늘을 보았던 것이 긍정적인 관심을 불러일으키게 한 것도 있을 것이다. 식물원에 들어서자 조금 훗훗한 공기에 풋풋한 풀 냄새가 확 밀려왔다. 가운데 고랑을 두고 양쪽으로 다양한 식물들이 자라고 있었다.

마두가 내 옆에서 부지런히 식물원에 얽힌 사연을 떠들어 댔다. 리강거 선생님이 오랫동안 학교를 설득해서 몇 년 전에 지었다고 했다. 학교 수업의 대부분이 인터넷과 가상현실에서 이루어지는 상황에서 자연 체험은 무엇보다 중요하다고 설득했단다. 결국 학교가 땅을 빌려주고 선생님이 자비를 들여 비닐하우스를 짓고 그 안에 각종 채소와 풀꽃, 작은 딸기나무 들을 심었다. 처음에는 아이들의 반응도 시큰둥했다. 바깥에 나가기 싫어하고 흙 만지기 싫어하는 아이들은 다른 핑계를 대어 교실에 남아 있기도 했다. 선생님이 아이들이 직접 뿌린 씨에서 나는 채소는 자신의 소유로 인정해 주자 조금씩 참여하는 아이들이 늘었다. 자기가 뿌린 씨에서 새싹이 나오자 애착이 생겼던 것 같다. 선생님이 식물원에서 채소들을 갉아 먹는 곤충들도 소중한 생명이라며 절대 죽이지 못하게 하자 벌레를 보고 기겁하는 아이들은 다시는 식물원에 들어가지 않으려 했다. 리강거 선생님이 퇴임하고 나자 식물원을 싫어하는 아이들은 식물원도 폐쇄해야 한다며 식물원 수업을 기피하고 있다고 한다.

먼저 들어와 있던 해태가 안쪽에서 다가와 손바닥을 펼쳤다. 깨알처럼 작고 동글동글한 까만 씨앗이 있었다. 해태가 청경채 씨앗이라고 했다. 청경채를 많이 먹기는 했지만 이렇게 작고 볼품없는 씨앗이 그런 싱그러운 채소가 되리라고는 상상조차 하지 못했다.

해태가 빈 곳을 찾아 쭈그리고 앉았다. 나도 옆에 앉았다. 해태가 손으로 흙을 조금 파헤치고 내게 자신의 손에 든 씨앗을 주었다. 팬 자리에 씨앗을 넣었다. 해태가 시키는 대로 흙을 덮어 꾹꾹 눌렀다. 높이 자라는 식물을 보호하기 위해 얼기설기 세워 놓은 나무 기둥에 매달린 분무기에서 자동으로 물이 흘러나왔다. 손으로 흙을 만지는 기분은 묘했다. 부드러웠지만 조금 선득한 느낌이 들었다. 낯선 세계와 접촉한 느낌이랄까. 내가 심은 씨앗의 위치를 주변 식물들과 비교해서 알아 두었다. 다음에 오면 싹이 돋았는지 확인하고 싶었다. 자리에서 일어나 고개를 드는데 바로 옆에 유리가 있었다. 표정이 조금 굳어 있었다. 해태가 어색하게 웃었다.

"처음 흙을 만져 봐. 넌 무엇을 심었어?"

내가 말했다.

"난 심지 않았어. 난 식물 따위에 관심을 두지 않아."

유리가 퉁명하게 말했다. 배스훈련을 하면 세포가 파릇파릇 살아나는 것 같다고 하더니. 여전히 뭔가 속내를 감추고 있는 듯해서 언짢았다.

"공부밖에 모르니 뭔들 관심이 있겠어."

마두가 못마땅한 기색이 역력한 말투로 끼어들었다.

"마두 넌 네 식물에 신경 안 쓸 거야? 토마토가 다 말라 가잖아."

해태가 마두에게 핀잔을 주었다. 그러니까 말로만 열심히 떠들고 진짜 식물은 해태가 키워 주고 있었던 모양이었다. 내가 피식 웃었다. 마두의 얼굴이 붉으락푸르락 피어났다.

"내버려 두라고 했잖아. 난 식물원이 싫어. 도시에 식물 공장이 생기고 나서 시골에 황무지만 늘어나고 있잖아. 일자리를 잃은 농부들도 결국 실직자 도시에 몰려들고. 눈앞에 버려진 땅을 두고 한숨짓는 농부들의 마음을 알아? 그런데 이따위 식물원에서 배우면 뭘 얼마나 배우겠어."

마두의 본심인 듯했다. 그러면서 나를 안내해 식물원을 소개하다니. 해태의 눈치를 보고 있었던 것도 같다.

"흠, 똑 부러지는 말이네. 그래서 나도 식물원을 싫어해."

유리가 당연하다는 듯이 말했다.

"시아가 오고부터 표정이 무척 밝아졌네."

마두가 빈정댔다. 유리의 얼굴이 붉어졌다.

"리강거 선생님은 식물들과 함께하면 자연의 소리를 듣는다고 했어. 그래서 식물원을 만든 거고. 이렇게라도 하지 않으면 자연을 바로 옆에 두고서도 자연을 모른다는 것을 알고 있었던 거지."

해태가 말했다. 너무 교과서적인 말이라 다들 입을 다물었다.

"나는 배스훈련에 비하면 식물원은 무익한 것이라고 생각해."

유리가 말했다. 대화가 마무리되려다 다시 불이 붙었다. 마두가 조금 격앙된 목소리로 말했다.

"그래, 이제야 본심을 말하네. 너는 배스훈련 못 하는 이 시간이 아깝겠지. 여기도 예전에는 공장과 농업이 어우러진 살 만한 도시였어. 아버지는 바닷가에 있었던 조립 공장에서 일했어. 그런데 모든 조립 과정이 자동기계로 바뀌면서 공장은 폐쇄되었고 아버지는 직업을 잃었어. 그리고 실직자로 산 지 십 년이 넘었지. 우리 아버지도 다른 사람들처럼 임상 빌딩에서 무슨 약인지도 모르는 약을 먹고 '타임머신'을 타고 가상세계에 빠져 있어. 이게 과학의 발달로 달라진 세상의 진짜 모습이야. 이해가 돼?"

"마치 세상이 달라진 게 배스훈련 때문이라는 듯이 말하네."

유리의 말이었다. 전과 다르게 유리는 상대방과의 대화를 공격적으로 하고 있었다.

"물론 배스 때문은 아니지. 그러나 달라진 세상의 상징이 배스훈련이기도 하지. 무엇이든 기계의 조작으로 해결할 수 있다는 생각. 인간의 정신까지 인위적으로 변화시키겠다는 것이 배스훈련 아냐?"

마두가 냉소적으로 말했다.

"우린 존재의 문턱에 서 있어. 그 문턱을 넘어서면 완전히 다른 세계가 우릴 기다리고 있어. 배스훈련은 우리가 그 문턱을 넘게 해 줄 거야. 지금까지 인류의 역사는 도구의 역사였어. 과학이 주도했지. 이제는 인간의 내적 능력을 증가시켜야 해. 배스훈련은 근본적으로 인간의 한계를 뛰어넘게 해 줄 거야."

"한물간 어벤져스 영화를 너무 많이 본 거 아냐? 현실에서 그런 일은 일어나지 않아. 여기는 실직자 도시고 우린 국가에서 주는 돈으로 먹고 살아. 파벨과 같은 도시에서 사는 사람들은 늘 인간을 뛰어넘을 생각이나 하나 보지? 현실을 직시해. 너도 이제는 블린 사람이야."

마두가 제대로 한 방 날렸다는 듯이 씩씩거렸다.

"어벤져스는 매우 상징적인 영화야. 초능력을 가진 몇몇 영웅이 이 세계를 구한다는 설정은 실제 현실에서도 일어나는 거야. 아인슈타인이 보통 사람보다 머리가 뛰어나다는 걸 부정하는 사람은 없겠지. 현실에서는 그런 사람이 초능력자야. 그의 상대성이론은 세계를 보는 방식을 바꾸어 놓았고 말 그대로 세상은 달라졌어. 세계는 몇몇 뛰어난 능력을 가진 사람들에 의해 새로운 지식과 경험이 더해지고 그에 따라 변화해 왔어. 어벤져스는 그런 현실을 영웅 신화로 바꿔서 보여 준 거야."

조금 섬뜩했다. 한참 지난 영화지만 아직도 아이들은 그 영화를 많이 본다. 나는 한 번도 그 영화를 보면서 유리처럼 생각하지 않았다. 어벤져스는 영화일 따름이지만 지적으로 초능력을 가진 사람들이 세상을 바꿔 왔다는 유리의 말은 현실일 수도 있겠다는 생각이 들었다. 마두도 약간 충격을 받았는지 대꾸를 하지 못했다.

"그만해. 여긴 식물원이야. 식물들도 스트레스 받으면 잘 자라지 않는대. 나가자."

해태가 말했다. 유리가 앞장서서 식물원을 빠져나갔다. 나는 잠깐 어찌할 바를 모르고 있다가 해태와 마두가 나가자 뒤따라 나갔다. 유리는 다시 교실로 향했다. 그날 내내 유리는 보이지 않았다. 보나마나 랩실에서 배스훈련에 매진하고 있을 터였다.

수업이 끝나고 해태 마두와 함께 학교를 나왔다. 유리가 신경 쓰였다. 그렇다고 유리를 찾아볼 마음까지는 생기지 않았다. 우리는 횡단보도를 건너 시청 앞 큰길로 내려갔다. 보기에도 위압적인 거대한 건물이 시청 앞에 우뚝 솟아 있었다. 처음 여기로 올 때 자율주행차가 말했던 임상 빌딩이었다.

건물 정면 입구에 수십 명의 사람들이 모여 웅성대고 있었다. 가까이 다가가 보니 경비 로봇이 바닥에 쓰러져 있었다. 스스로 일어설 수 있을 텐데 웬일인지 그 로봇은 바닥에 그대로 누워 있었다. 경찰이 어떤 사람을 제지하고 있었다. 그의 손에는 가로 1미터 크기의 피켓이 들려 있었다. 피켓에는 다음과 같은 글이 쓰여 있었다.

"CT는 우리의 몸을 잠식하고 VR은 우리의 영혼을 잠식한다."

경찰은 경비 로봇을 쓰러뜨렸기 때문에 로봇보호법을 위반했다며 피켓을 든 사람을 체포하려고 했다. 그런데 둘러서 있는 사람들의 일부가 경찰을 비난했다. 그 사람은 정당한 시위를 하고 있었으므로 경비 로봇이 제지할 권리가 없다는 것이었다. 경찰은 이러지도 저러지도 못하고 난처한 표정으로 서 있었다.

"CT가 뭐지?"

내가 물었다.

"크리니컬 트라이얼(clinical trial)의 약자. 임상 시험을 말하지."

마두가 손으로 건물의 입구를 가리켰다. 회전문과 통유리로 된 넓은 출입구 위에 황금색으로 '크리니컬 트라이얼 센터'라고 쓴 글씨가 보였다.

"말하자면, 임상 시험은 우리의 육체를 망가뜨리고 가상현실은 우리의 정신을 파괴한다, 뭐 이 정도 뜻이겠지."

마두가 당연하다는 듯이 중얼거렸다. 해태는 아무 말이 없었다. 표정도 밝지 않았다. 건물 안에서 양복을 말끔하게 차려입은 남자가 뛰어나왔다. 그러자 경비 로봇이 무슨 일이 있었냐는 듯 벌떡 일어나 몸을 꼿꼿하게 세웠다. 남자가 피켓을 들고 있는 사람에게 정중한 태도로 말했다.

"죄송합니다. 저희 경비가 실수를 한 것 같습니다. 시민은 누구나 자신의 의견을 말할 수 있습니다. 저희는 블린을 위해 최선을 다하고 있기 때문에 시민 한 분 한 분의 의견을 매우 소중하게 생각하고 있습니다. 운영에 최선을 다하도록 하겠습니다."

그러니까 지금 저 사람은 임상 빌딩의 직원이고 자신의 로봇이 시민의 정당한 자기주장에 무단으로 개입한 것을 사과한다는 그런 뜻이었다.

"저는 당신의 기계 따위에 상관하지 않습니다. 저는 이곳을 드나드는 블린 시민에게 제 생각을 전달하고 있을 뿐입니다."

피켓을 든 사람의 말이었다.

웅성웅성 사람들이 떠났다. 그 사람은 다시 피켓을 들고 빌딩 앞에 섰다. 우리도 횡단보도를 건넜다. 걸으면서 마두가 말했다.

"우린 아직 저 건물에 들어가 보지 못했는데. 브이알룸이 아마도 수천 개는 된대. 그래야 하루 평균 이용자 수를 맞출 수 있을 테니까. 거의 모든 블린 사람들이 다 이용한다고 보면 돼. '타임머신'에 한번 빠지면 다시는 헤어나지 못한대. 그러니까 사람들이 '타임머신'을 하기 위해 임상 테스트를 받는 거야. 참 웃기는 거지."

나도 국가가 대단위로 임상 시험을 하고 있다는 것은 알고 있다. 지난 수십 년 동안 세포를 조절하고 몸과 마음의 증상을 치료하는 수백 종의 신약이 출시되었다. IT와 첨단 의학이 결합해서 유전자와 세포 차원에서 질병을 치료할 수 있게 됨으로 해서 거의 모든 질병을 약으로 치료할 수 있는 시대가 된 것이다. 그래서 전 세계적으로 신약 개발은 국가적 사업이 되었다. 임상 시험은 그런 신약 개발의 핵심 과제 가운데 하나다. 그 어떤 약도 임상 시험을 통과하지 않으면 상용화될 수 없기 때문이다.

솔직히 실직자들이 할 일이 있다는 것 자체가 모순이다. 로봇이 청소하고 빨래하고 심지어 음식까지 만든다. 그러니 사람이 할 일은 더더군다나 없다. 어쩌면 블린에 사는 사람들은 하루라는 시간을 죽이는 것만큼 중요한 것도 없을 것이다. '타임머신'은 거기에 아주 적격이다. 현실보다 더 현실적인 가상현실이 현실의 모든 따분함과 지루함을 날려 보내 줄 테니까.

저녁 시간, 엄마는 어제와 같은 시간에 퇴근했다. 엄마가 씻는 동안 나는 요리기로 인스턴트 음식을 데웠다. 잠시 뒤 엄마가 식탁에 앉자 나는 레인지에서 음식을 꺼냈다. 각종 야채가 든 야채 죽이었다. 우리는 아무 말 없이 한동안 음식을 먹었다. 아직 불을 켜지 않아 사위가 조금씩 어두워지고 있었다. 적막감이 흘렀다. 늘 있는 익숙한 순간들이었다. 음식을 다 먹어 갈 즈음 내가 말했다.

"혹시 철조망 절단 사건 맡았어?"

이 사건이 생각나지 않았다면 나는 음식을 다 먹고 나서도 할 말이 없었을 것이다. 엄마가 조금 놀란 눈으로 나를 바라보았다.

"그걸 어떻게 알아?"

"친구들한테 들었어. 블린에서 가장 핫한 이슈라고……."

"단순한 사건인데, 국가를 상대하는 게 쉽지 않지. 언론에서 관심을 보이는 것도 부담스럽고."

"'타임머신'은 당분간 못 가겠군. 쉬러 왔다가 일이 더 많아진 거 아냐?"

내가 어울리지도 않게 살갑게 말했다. 내 말이 마음에 들었던 걸까, 엄마는 약간 밝은 표정을 지으며 평소와 다르게 말을 이어 갔다.

"궁리연구소라는 첨단 과학 기지가 시에 들어서면서 연구소를 둘러싼 철조망 때문에 시민들과 갈등이 생겼던 모양이야."

"거기까진 나도 알아. 구체적으로 어떤 일이 벌어졌는지 그게 궁금해."

"그래. 한 달 전 약 백여 명의 시민들이 간선도로를 가로막고 있는 연구소 철조망에 기습적으로 접근했어. 그들은 절단기로 철조망을 잘라 내고 도로 양옆에 세워져 있던 철조망을 지지하는 기둥까지 넘어뜨렸어. 연구소에서 자동 방어 시스템이 작동해서 곧바로 로봇개와 드론이 나타났는데, 화가 난 사람들이 로봇개도 박살 내고 드론도 격추시켜 버렸대. 그러자 무장한 공격용 드론과 로봇개들이 다시 등장해서 고무탄을 쏘고 사람들을 물었다는 거야. 그 바람에 수십 명이 다쳤어. 그즈음에 경찰이 와서 시위대는 강제해산되었고 다친 사람들은 병원으로 실려 간 게 사건의 전부야."

"사람들이 오랫동안 쌓인 불만이 터진 거라고 하던데."

마두로부터 들은 게 있어 내가 아는 척을 했다. 엄마는 숟가락을 내려놓으며 말했다.

"언론에서 이상한 방향으로 사건을 보도하는 바람에 관심이 높아졌어. 내가 보기에 사건의 핵심은 이 시에서 오래 산 사람들이 철조망 때문에 간선도로가 끊겨서 불편함을 호소하다가 시위를 한 것 같아. 그런데 언론은 실직자 도시에서 폭력 사건이 터진 것에 초점을 맞추고 최근 들어 가장 큰 사회적 문제인 실직과 기본소득에 대한 불만 때문에 터진 사건으로 호도해 버렸어. 기본소득이 실업문제를 해결하지 못한다는 둥, 기본소득이 사람들의 심리를 해이하게 만들어 더욱 욕구불만을 부추긴다는 둥, 사건과 동떨어진 얘기들이 나오면서 시위를 주도한 시민들을 곤경에 빠뜨리고 있지."

엄마가 이렇게 자상하게 무언가를 설명하기도 참 오랜만이었다. 내가 이런 생각을 할 때면 언제나 내 머리에 떠오르는 건 엄마가 겉으로만 밝은 척한다는 거였다. 나는 고개를 흔들어 그 생각을 떨쳐 버리려고 노력했다. 나는 나도 엄마도 이 순간이 연기가 아니길 바랐다. 나는 엄마와 더 대화를 하고 싶었다.

"내가 보기에 연구소의 과잉 대응도 문제가 있는 것 같던데. 시민들이 여럿 다쳤잖아."

"연구소의 대응이 좀 이상하긴 해. 로봇들만 내보내 방어를 한 것도 그렇고. 시민들이 소송을 제기했으니까 법원에 관련 인물이 나와야 하는데 국가 기밀 연구소라서 서면 진술만 하겠다고 통보가 왔어."

"그때도 그랬지."

내가 말했다. 엄마가 내 말뜻을 못 알아듣고 나를 바라보았다.

"화성 탐사 우주선 사고 말이야. 사고 원인이 명확하게 밝혀지지 않았잖아."

엄마의 표정이 어두워졌다. 순간 나는 이 얘기를 엄마와 한 적이 있었던가 하는 생각이 들었다. 한 적이 없었던 것 같다. 내 입에서 왜 그 말이 나왔는지 후회가 밀려왔다. 하지만 언젠가는 부딪쳐야 할 일이었다.

아빠와 엄마가 결혼할 당시에는 두 사람 다 과학자였다. 아빠는 양자중력 이론으로 박사학위를 받고 대학 연구실에서 일했고 엄마는 성간우주 이론으로 박사과정에 있었다. 2025년 인류 최초로 유인 화성 탐사 우주선이 발사되었다. 그때 아빠는 수많은 경쟁을 뚫고 우주선의 승무원으로 발탁되었다.

내 나이 일곱 살, 십 년 전이다. 그날 엄마와 나는 텔레비전 앞에서 아빠가 탄 우주선이 하늘에서 발사되는 장면을 생중계로 보고 있었다. 대형 항공기가 우주선을 하늘 높이 태우고 가서 공중에서 발사하는 방식인데 발사 비용을 줄이기 위한 것이었다. 내 기억으로 엄마가 아직 어린 나를 데리고 항공기가 이륙하는 우주기지까지 가기를 아빠가 원하지 않았던 것 같다. 그래서 우리는 집에서 아빠와 헤어졌다. 아빠는 출장이 잦고 귀가가 늦는 날이 많아 아빠에 대한 기억은 별로 없다. 거의 잠결에 불 꺼진 방에서 검은 얼굴로 내려다보던 아빠를 드문드문 기억하고 있을 뿐이었다. 그때도 그냥 아빠가 며칠 출장 가는 줄로만 알았다. 출발 준비를 하고 있는 우주선을 텔레비전에서 보았을 때 엄마가 저 안에 아빠가 있다고 말하지 않았다면 나는 다음에 일어난 일을 아직까지 기억하고 있지 않았을지도 모른다. 꽤 어릴 때였으니까.

우주선이 모항공기로부터 분리된 지 몇 분이 지났을까. 내 기억으로는 1, 2분도 지나지 않았던 것 같다. 서서히 속력을 내던 우주선이 갑자기 검은 연기와 붉은 화염을 내뿜으며 폭발했다. 엄마가 텔레비전을 껐다. 그다음에 무슨 일이 일어났는지 전혀 기억이 없다. 솔직히 내가 공포에 떨었는지 슬퍼했는지도 기억나지 않는다. 엄마를 따라 아빠의 묘지에 몇 번 간 적이 있다.

몇 년 전에야 나는 인터넷으로 그 사건에 대한 기사 일부를 읽었다. 엄마는 지금까지 한 번도 그 사건에 대해서 말하지 않았다. 어렸을 때는 나도 묻지 말아야 한다는 걸 본능적으로 막연하게 알았던 것 같다. 내가 엄마와 대화하는 것을 연기라고 생각하는 것도 늘 우리는 서로에게 뭔가를 숨기고 있다고 생각했기 때문이었다.

국가항공우주국에서는 처음에 기체 결함 또는 자동항법 시스템 에러로 사고가 났다고 발표했다. 며칠 뒤 한 해킹 조직이 인터넷에 등장해서 자신들의 소행이라고 주장했다. 해킹 조직은 구체적인 해킹 과정을 밝혔는데, 엔진 추진기의 전자기장 시스템을 교란시켰다는 것이었다. 그것 때문에 플라즈마 연료에 과부하가 걸려 폭발로 이어졌다는 것이다. 항공우주국은 최고 보안등급인 우주선은 해킹으로 절대 뚫을 수 없다며 그들의 주장을 일축했다. 한동안 공방이 이어졌지만 명확한 결론은 나지 않았다. 음모론을 제기한 사람들은 항공우주국이 자신들의 실수를 숨기기 위해 가짜 해킹 조직을 만들었다고 주장했다. 실제로 그 해킹 조직은 끝까지 잡히지 않았다. 하지만 해킹 조직이 돌연 무대에서 사라지기 전에 남겼다는 말은 여전히 내 기억에서 떠나지 않고 있다. '화성에 사람을 보낼 능력이 있으면 지구온난화부터 해결하라.'

"요즘이 어떤 세상인데, 적어도 인터넷에서 떠도는 정도는 나도 알아."

나는 일어날 일은 언젠가는 일어나게 되어 있다고 생각하는 사람 중에 하나다. 오늘이 그날이라면 어쩔 수 없는 것이다. 결코 의도했던 것은 아니었다.

"자기들의 소행이라고 주장했던 해킹 조직이 했다고 한 말 말이야. 나는 그 말을 도무지 이해할 수 없어."

내가 왜 엄마의 아픈 상처에 소금을 뿌리나 하는 생각을 하면서도 나는 이상하게 솟아오르는 반감 때문에 말을 멈출 수 없었다.

나도 엄연한 피해자가 아닌가. 엄마는 나를 도대체 어떻게 생각하기에 지금까지 그 일에 대해 단 한 마디도 안 할 수 있단 말인가. 사고가 나고 얼마 뒤 엄마는 교수로 있던 대학을 그만두고 로스쿨에 입학했다. 그리고 변호사를 거쳐 판사로 몇 년 있다가 여기 블린으로 온 것이다.

다시 말하지만 나는 그 말을 할 기회를 노리다가 오늘 작심하고 터뜨린 것은 절대 아니다. 언제인지도 모를 만큼 아주 오래전부터 엄마와 자연스럽고 편하게 대화를 나눠 본 적이 별로 없었다. 엄마는 늘 바빴고 늦게 집에 왔으며 언제나 지친 모습이었다. 어느 날부터 엄마와 몇 마디 대화를 나눌 때면 나는 둘 다 연기를 한다는 생각을 하게 되었고, 대화를 할 때마다 그 생각을 떨쳐 버릴 수 없었다. 떨쳐 버릴 수 없는 것이 더 괴로울 때도 있었다. 그런데 블린에 내려와서부터 뭐랄까, 엄마에 대한 감정이 조금 변했다고나 할까, 아무튼 나 자신을 나도 잘 알 수가 없다. 유리 때문일까, 아니면 해태나 마두 때문일까. 모르겠다. 그냥 나 자신에게 충실하고 싶다는 생각도 든다.

"사건의 실체는 어차피 알 수 없겠지."

갑작스런 내 질문에 먹구름처럼 어두웠던 엄마의 얼굴이 조금 풀어졌다. 엄마의 가슴 한편에 꽁꽁 언 얼음덩이로 묻어 뒀던 것이 어쩌면 내 말 한 마디에 너무나도 쉽게 녹아내리고 있는 것인지도 모른다. 왜냐하면 엄마나 나나 아빠의 죽음 자체보다 엄마와 나 사이를 가로막고 있는 장벽이 더 답답한 것일 수도 있기 때문이었다.

"내가 닦아 놓은 견고한 세계가 한순간 무너졌어. 모든 것이 질서정연했는데, 한순간 무질서한 카오스로 변해 버렸지. 나는 광대한 우주에 비해 찰나에 불과한 인간의 삶이란 별 볼 일 없다고 생각했어. 당연히 변덕스런 인간의 감정도 별로 가치 있게 여기지 않았지. 그런데 그날부터 집요하게 내게 달라붙은 분노니 슬픔이니 하는 감정들이 인간을 이해하는 중요한 열쇠라는 것을 알게 되었어. 나는 세상의 한쪽 면만 보고 살았던 거야."

내 앞에서는 마치 퇴화해서 없어져 버린 것처럼 행동하지만 거기에는 아빠에 대한 그리움도 있을 것이다.

"해킹 조직의 주장도 많은 충격을 주었어. 그들은 과학기술 문명이 인간을 기계의 노예로 만들었으며 인간의 자율성과 자연과의 유대를 파괴했다고 주장했는데, 수억 광년 떨어진 우주에서 날아오는 신호를 연구하던 내게는 당혹스러운 일이었지. 생각보다 과학기술을 비판하는 사람들이 많다는 것도 그때 처음 알았어. 하지만 폭력적인 방법으로 자신들의 주장을 세상에 알리려는 행동은 수용할 수 없었어."

엄마의 목소리는 담담했다.

"정의로운 게 뭘까. 십여 년 법 공부를 하면서도 여전히 잘 모르겠어. 법관이 되면 정의로운 사회를 위해 무언가를 할 수 있으리라 생각했는데 현실은 그렇게 만만하지 않는 것 같아. 사람들은 저마다 자신의 행위에 대해 정당성을 주장하지. 내가 법의 이름으로 그들을 심판할 자격이 있나 하는 생각이 들 때도 많아."

엄마로부터 처음 듣는 말이었다. 블린으로 내려오기 전 엄마가 자청해서 지방으로 내려가겠다고 했다는 것을 얼핏 들었다. 순간 엄마에게 나는 무엇인지 궁금해졌다. 엄마는 모든 일을 혼자 결정했다. 블린에 내려오는 것도 그랬다. 적어도 내가 십 년 전의 어린 아이가 아니라는 것은 알아줘야 하지 않을까. 앞으로 나도 내 일을 엄마와 상의하지 않고 혼자 결정할까 보다.

"내게 해 줄 말은 없어?"

엄마가 회한에 젖은 눈으로 나를 바라보았다.

"엄마는 직업을 바꾸면서까지 엄마가 원하는 세상을 살아왔어. 하지만 난 아무것도 하지 못했어."

"그렇지 않아. 말썽 한번 피우지 않고 학교에 잘 다녔잖아. 그게 엄마에게는 큰 힘이 됐어."

"말썽 안 피우면 잘한 거야? 엄마에게 힘이 되려고 숨죽이며 산 것이 잘한 거야?"

엄마 얼굴이 갑자기 늙어 버린 듯 축 처졌다. 시나브로 몰려든 어둠이 얼굴선마저 지워 버렸다. 엄마에게 무슨 위로의 말을 들으려고 한 것은 아니었는데, 자꾸만 엄마의 말에 반발심이 생겼다. 종이에 적은 대사를 읽고 있는 것도 아니고 대화라는 것이 전혀 내 뜻과 다른 방향으로 흘러가고 있었다.

"그래, 그 무렵 네가 초등학교에 들어갔었지. 그리고 자주 괴물이 나오는 꿈 얘기를 했었어."

엄마는 여전히 감정 변화 없이 조용히 말했다. 나도 기억한다. 초등학교에 처음 들어갔을 때 한동안 형체를 알 수 없는 거대한 괴물이 덮쳐 오는 꿈을 꾸었다. 자다가 깨어나 운 적도 있었다. 그때 엄마가 뭐라고 했던가. 엄마가 말했다.

"나는 아빠의 죽음 때문에 생긴 트라우마가 아닌가 해서 속으로 걱정했지."

그때 엄마는 키 크려고 그런 꿈을 꾼다고 했었다. 엄마 말을 믿지 않았지만 어느 때부터 더 이상 그런 꿈을 꾸지 않았다. 어쩌면 엄마 말을 믿었는지도 모르겠다.

"그때 네게 진실을 말하지 못한 게 있어. 사실은 엄마도 그런 꿈을 꾸었어. 내가 허공에 떠 있는데 왜 별이 하나도 없을까 의아해하다가 갑자기 막막한 어둠 속으로 떨어지는 꿈이었어. 어둠에 잡아먹힌다는 느낌이었지. 너나 나나 세상이 참 무서웠던 모양이야."

엄마도 힘들었었구나 하는 생각에 가슴이 뭉클했다.

"세상살이라는 것이 이런저런 일에 부딪히며 상처도 받고 힘들 때도 있지. 하지만 그때마다 그걸 말끔히 잊거나 치유하면서 사는 건 아닌 것 같아. 그냥 또 그렇게 사는 거지. 너나 내가 힘들었을 때 솔직히 나 살기도 바빴던 것 같다. 지금도 그래. 엄마는 이렇게 살아가고, 너는 또 너답게 살아가겠지."

참으로 엄마다운 말이란 생각이 들면서도 한편으론 서운함도 없지 않았다. 하지만 오늘 처음으로 나는 엄마가 연기를 하고 있지 않다는 생각이 들었다. 그럼 나는? 나는 여전히 연기를 하고 있는지도 모르겠다. 뭐, 상관없다. 나는 울다가 금방 정색하고 웃는 그런 성격의 인물은 못 된다. 내 마음도 조금씩 바뀌어 가리라.

"인생이 뭔지 네게 말해 줄 만한 게 아직 내겐 없어. 하지만 앞으로 그것을 찾아 살아갈 날이 많다는 것과 네가 함께해 주니 행복하다는 것 정도는 말해 줄 수 있어."

어둠이 완전히 집안을 덮었다. 나는 일어나 불을 켰다. 엄마가 자리에서 일어나며 말했다.

"덕분에 저녁 잘 먹었다."

엄마는 그릇들을 들어 싱크대로 가져갔다.

나는 내 방으로 왔다. 침대에 걸터앉아 엄마가 한 말들을 곰곰이 생각해 보았다. 엄마도 나름 열심히 살아왔다는 생각이 들었다. 내가 그런 엄마를 잘 이해하지 못했다는 생각이 들었다. 조금 마음이 홀가분해진 것도 있었다. 해킹 조직이 했다는 말이 떠올랐다. '화성에 갈 능력이 있으면 지구온난화부터 해결하라.' 화성에 가는 것도, 지구온난화를 해결하는 것도 과학이 있어야 가능한 것 아닌가. 물론 이 말이 과학기술을 비판하고 있다는 것은 알겠다. 하지만 과학을 부정한다고 해서 발전이 멈춰질까. 거기에는 인간 본성과 관련된 무엇이 있는 게 아닐까. 문득 읽다 만 뉴턴을 다시 읽고 싶어졌다. 나는 『이야기』를 펼쳤다.

에이아이북 『이야기』에서 - 뉴턴②

뉴턴은 무려 30년 동안 조폐국장으로 있었다. 케임브리지대학 석좌교수, 왕립학회 회장까지 하면서도 조폐국장 자리를 내려놓지 않았다. 그때까지 어느 누구도 완성하지 못한 만물의 원리를 완벽하게 수학으로 정립한 뉴턴. '자연과 자연의 법칙이 밤의 어둠에 가려 있을 때, 하느님이 말씀하셨다. 뉴턴 있으라! 그러자 모든 것이 밝아졌다.' 그의 묘비명에 새겨진 알렉산더 포프의 시다.

뉴턴은 사과가 땅에 떨어지는 것과 달이 지구 둘레를 도는 것을 같은 현상으로 이해했다. 위대한 발견이었다. 뉴턴은 질량을 가진 물체가 가속운동을 하면 힘이 생긴다고 생각했다. 그것으로부터 회전운동을 하는 물체는 회전의 중심에 있는 물체와 거리의 제곱에 반비례하는 힘이 작용한다는 사실을 밝혀냈다. 이것이 바로 만

유인력, 즉 중력 법칙이다. 자, 그러면 이제 사과가 떨어지는 것과 달이 도는 것이 왜 같은 현상인지 알아보자.

사과는 지구의 중심을 향해 거리의 제곱에 반비례하는 힘으로 떨어진다. 그렇다면 달도 지구의 중심을 향해 거리의 제곱에 반비례하는 힘으로 떨어질 것이다. 그런데 달은 왜 지구로 떨어지지 않는가. 모든 물체는 직선운동을 하려는 성질이 있기 때문이다. 달은 궤도의 어느 한순간에 똑바로 앞으로 가려는 직선운동을 한다. 그러나 지구가 잡아당기기 때문에 지구 중심을 향해 떨어진다. 그런데 다음 순간 달은 다시 직선운동을 하려 할 것이다. 그렇지만 결국 다시 지구에 끌려 떨어지고 만다. 달은 매순간 이렇게 직선운동을 하려고 하지만 지구의 인력 때문에 끊임없이 떨어지고 있다. 우리는 그런 달을 날마다 보고 있는 것이다.

뉴턴은 별과 행성, 물질들의 운동 원리를 수학으로 정확하게 해석함으로써 자연의 질서가 얼마나 오묘하고 경이로운지 세상에 알렸다. 그때부터 과학은 학문의 왕이 되었으며 그 어떤 현상도 과학이란 이름으로 접근하지 않으면 인정받을 수 없게 되었다. 과학이 세상을 지배하게 된 것이다.

뉴턴은 매우 복잡한 성격의 인물이었다. 아주 내성적이었고 한 가지 일에 집요하게 집착했다. 뉴턴 스스로 어떤 문제가 풀리지 않으면 3일 밤낮 아무것도 먹지 않고 그것에만 생각을 집중했다고 말했다. 남에게 지기 싫어했으며 늘 스스로 최고로 보이려고 노력했다. 키가 작았던 뉴턴은 학교에서 놀림도 받고 친구들과 싸우기도 했다. 뉴턴은 아버지가 죽고 얼마 지나지 않아 태어났다. 엄마가 어린 뉴턴을 두고 재혼을 하는 바람에 뉴턴은 한 번도 부모의 사랑을 받지 못하고 자랐다. 뉴턴은 평생 어머니의 사랑을 그리워했고 그 결핍 때문에 괴로워했다. 어머니는 죽음을 목전에 두고서야 뉴턴을 찾았다. 뉴턴은 증오와 사랑을 동시에 느끼며 어머니가 마지막 숨을 거둘 때까지 지켜 주었다.

뉴턴은 조폐국장으로 지낸 30년보다 더 긴 시간 연금술을 연구했다. 거의 평생이었다고 해도 틀린 말이 아니다. 중력, 광학, 역학, 미적분을 연구하는 것보다 더 많은 시간을 연금술에 바쳤다. 뉴턴이 죽고 났을 때 영국왕립협회는 뉴턴이 남긴 연금술 관련 수고들을 출판하지 않았다. 위대한 뉴턴이 연금술을 연구했다는 것 자체가 부끄럽다고 여겼기 때문이다. **뉴턴은 왜 연금술에 빠졌던 것일까.** 연금술은 한마디로 돌을 금으로 바꾸는 기술이다. 뉴턴은 돌을 금으로 바꿔 떼돈을 벌려는 목적으로 연금술을 했던 것일까.

대지는 어머니의 자궁과 같아서 금이 아닌 물질이 땅 속에서 서서히 금으로 자란다고 연금술사들은 생각했다. 돌이 금이 되는 원리는 새싹이 자라 커다란 나무가 되는 것처럼 땅속에서 돌들도 끊임없이 변성을 일으켜 최종적으로 금이 된다는 것이었다. 이 과정에 관여하는 물질을 그들은 현자의 돌이라고 불렀다. 연금술은 물질 내부의 변화에 대해서 연구한다. 중력은 물질의 운동에 대해서 설명한다. 여기서 뉴턴이 연금술에 빠진 이유를 알 수 있다. 뉴턴은 지구와 달이 서로 끌어당기는 힘이 있다는 것은 알았지만 그 힘의 실체에 대해서는 알지 못했다. 물질 내부에 그 힘의 근원이 있지 않을까 어렴풋이 생각했을 뿐이었다. 그래서 연금술을 통해 물질 내부의 특성을 알고자 했던 것이다. 하지만 끝내 그것은 밝혀내지 못했다.

화폐위조범을 잡으러 다니던 당시 뉴턴의 나이는 칠십이 넘었다. 머리는 30대 때부터 반백이어서 완전히 눈처럼 새하얗게 세었다. 뉴턴은 철저하게 고독한 존재였다. 그는 친구도 별로 없었으며 친구를 사귈 줄도 몰랐다. 자신의 연구를 세상에 내어놓기를 꺼려했으며, 남들이 이러쿵저러쿵 자신에 대해 말하면 극도로 예민하게 반응했다. 제자 클라크는 그런 뉴턴을 옆에서 지켜보며 늘 복잡한 감정을 억누르지 못했다.

'말이 없는 스승님. 그러나 머릿속에는 얼마나 많은 사유의 조각들이 떠돌고 있을까. 중력, 광학, 수학, 연금술, 인류 최고의 위대한 정신의 소유자. 그런 스승님은 가난 때문에 화폐를 위조할 수밖에 없었던 정황을 알면서도 화폐위조범을 꼭 사형시켜야만 했을까. 지금 내 옆에 있는 저 지혜로운 현자의 마음속에 진정 폭군의

잔혹함이 숨겨져 있단 말인가.'

클라크는 뉴턴을 너무나 존경했다. 뉴턴은 그에게 신이었다. 위대한 신이 만물의 원리를 자신에게 말해 주고 있다고 생각했다. 뉴턴 또한 클라크를 사랑했다. 제자 가운데 가장 총명했던 것이다. 그러나 클라크는 존경하는 스승의 현실적인 모습을 모두 온전히 받아들이지 못했다. 도대체 스승의 머릿속에는 무엇이 들어 있을까. 두개골을 헤치고 그 속을 들여다보고 싶다는 생각을 할 때도 자주 있었다. 스승을 한없이 존경하지만 그럴수록 분노 또한 같은 크기로 자랐다. 스승은 완벽해야 했지만 권력에 비굴하리만큼 집착하고 돈 또한 절대 포기하지 않았다. 그런 스승을 클라크는 이해할 수 없었다. 그런 모습은 분명히 참다운 가치를 지향하는 사람에게는 어울리지 않는 것이었다. 연금술의 궁극적인 목표가 무엇인가. 인간의 깊은 본성을 밝혀내고 신의 경지에 이르려는 것이 현자의 돌을 발견하려는 이유가 아니었던가.

어느 날 스승이 밤새도록 실험을 하다가 아침이 되어 실험실에서 잠이 들었다. 간간이 그런 때가 있었는데 그런 날은 오후가 될 때까지 깊은 잠에 빠져 있었다. 클라크는 혹시나 스승의 잠을 방해할까 주변을 살피며 스승 곁에 앉아 있었다. 뉴턴이 한 번씩 뒤척일 때마다 끄응 하는 신음 소리가 흘러나왔다. 클라크는 스승도 세월의 무게를 견딜 수 없다는 생각에 마음이 아팠다. 뉴턴이 잠꼬대를 했다.

"나는 죽음이 두렵지 않아. 그러나 아직은 세계를 두고 떠날 수 없어. 내가 한 일이 얼마나 보잘것없는지 나는 날마다 부끄러워서 눈을 감을 수 없단 말이야."

마치 뉴턴이 자신을 올려다보며 말하는 것 같았다.

"세계는 광막하고 나의 지성은 한심하기 그지없어. 나는 가 보고 싶다네. 우주의 끝에서 이 우주를 바라보고 싶다네. 그것이 나의 소원이야."

클라크는 자기 앞에 너무나도 평범한 한 인간이 누워 있다는 것을 새삼스럽게 깨달았다. 클라크의 눈에서 눈물이 흘러내렸다.

엄마의 사랑을 받지 못했던 뉴턴은 우주의 질서에 대해 집착했다. 변덕스러운 사랑보다는 결코 변하지 않는 우주의 실체를 진실로 알기를 원했던 것이다. 그것이 중력이라는 위대한 과학 원리를 발견해 낸 원동력이었다. 하지만 가장 위대한 지성, 뉴턴도 결국 우주를 완전히 다 알지 못한 채 세상을 떠났다. 자신을 바닷가에서 조개를 줍는 한 소년으로 비유하고 거인들의 어깨 위에서 좀 더 멀리 보았을 뿐이라고 겸손해 마지않은 말을 남긴 채.

5. 해성의 실종

점심을 먹고 해태와 함께 운동장이 내려다보이는 캠퍼스 벤치에 앉았다. 마두가 나오기를 기다리고 있었다. 마두는 덩치에 걸맞게 보통 사람들의 배에 해당하는 양을 먹기 때문에 식사 시간이 길었다. 운동장에서는 아이들이 축구를 하고 있었다. 운동장 가장자리를 따라 누군가가 달리기를 하고 있었다. 나는 고개를 돌려 해태의 옆모습을 보았다. 조금 쓸쓸해 보였다. 점심시간 전에 해태는 누가 찾아왔다며 잠시 휴게실에 다녀왔다.

"누가 찾아온 거야?"

내가 망설이다 물었다.

"형이 복무했던 군대 상관이라고 했어. 소령인가, 그렇던데."

"그런데 그 사람이 왜 널……."

뭘 따지고 묻는 것 같아서 나는 도중에 입을 다물었다. 해태가 말했다.

"형의 소재에 대해서 물었어. 물론 나도 모른다고 했지. 그런데 조금 다른 얘기도 했어. 형은 매우 유능한 드론 조종사였다고. 나 보고 학교 졸업하면 군대에 올 생각 없냐고도 물었어. 좀 뜬금없기는 했지만."

"이미 제대한 군대에서 왜 형의 소재를 알고 싶어 할까."

"그렇지? 이상하긴 해. 한 가지 짐작이 가는 것은 철조망 절단 사건 때 형이 거기에 있었다는 것 때문이지 않을까 싶어."

"뭐? 형이 거기에 있었다고?"

내가 깜짝 놀라 물었다.

"명확하지는 않아. 사건 이후에 그런 소문이 돌았고, 마침 형이 그 무렵 사라졌어. 사건 당시 연구소 측에서 보낸 드론을 누군가가 격추시켰는데 그건 드론에 대한 전문 지식이 없으면 불가능하니까 형이 연루됐을 가능성이 있다고 보는 거야."

"아, 그렇구나."

나는 비로소 해태가 철조망 절단 사건에 대해서 말을 자제한 이유를 알 것 같았다. 마두가 해태 눈치를 본 것도.

"더구나 그 사건에 비밀 단체가 개입했을 수도 있다는 말이 떠돌고 있어."

"비밀 단체?"

"크라운이라는 어떤 단체가 인터넷에서 철조망 절단 사건을 언급하며 궁리연구소를 맹비난했어. 그 조직은 십여 년 전 수명연장연구소 폭파 사건을 주도했던 테러 조직의 후예라고 자청하며 첨단과학의 필요성을 부정하는 급진적인 단체야."

"수명연장연구소는 또 뭐야?"

"아, 그날 드론 띄웠을 때 잠깐 보았을 텐데. 무너진 건물이 있던 폐허 지역."

기억이 났다. 드론이 레이저를 맞기 직전에 보았던 영상에서 무너진 건물이 보였었다. 그때도 이상한 곳이라는 느낌이 들었었는데 그곳이 수명연장연구소였다니.

"사실은 궁리연구소 바로 옆에 있어. 수명연장연구소가 파괴되고 얼마 지나지 않아서 궁리연구소가 지어지기 시작했어."

"그래?"

갑자기 철조망 절단 사건이 마두의 말처럼 단순한 사건이 아니라는 느낌이 들었다. 엄마가 한 말도 떠올랐다. 서면 진술만 하겠다고 한 연구소 대응이 이상하다고 하지 않았던가.

"나도 처음에는 블린 사람들의 오랫동안 쌓인 불만이 터진 거라고 생각했는데, 형의 실종하고 맞물리면서 자꾸만 단순한 사건이 아니라는 생각이 드는 게 사실이야. 형만 관계없으면 신경 쓰고 싶지도 않은데…….”

해태가 잠시 말끝을 흐렸다. 형 생각이 나는 모양이었다.

“형은 대학에서 물리학을 배우고 있어. 대학 1년을 마치고 군대에 갔지. 이번 학기에 복학하기로 했는데……. 사실 형은 과학자가 꿈이야. 드론은 취미였지. 어쩌면 형은 그전부터 궁리연구소에 관심이 있었는지도 몰라.”

해태의 목소리에 침울함이 배어 있었다. 어쨌든 해태가 좀처럼 입을 열려고 하지 않던 형 얘기를 하고 있어 나는 귀를 기울였다.

“지금 와서 생각해 보면, 형은 제대했을 때 그전과 달라졌다는 것을 많이 느꼈어. 말수도 줄어들고 나를 편하게 대하지 않았어. 어느 날은 나더러 드론을 그만두라고 했어. 너무 뜻밖이라 놀랐어. 내가 드론을 얼마나 좋아하는지 알면서 형이 그런 말을 할 줄은 상상도 못했거든. 아무래도 군대에서 무슨 일이 있었던 것 같아. 군에서는 드론을 무기로 쓰니까 자신이 아끼는 드론이 사람을 죽이는 데 쓰인다면 좋아할 사람은 없지. 나도 지금은 고민이 많아. 학교를 졸업하면 드론 조종사 국가자격시험에 합격해서 그걸로 군대를 가려고 하는데…….”

운동장 가장자리를 따라 달리던 학생이 점점 우리 쪽으로 가까워지고 있었다. 그런데 얼굴을 알아볼 정도로 가까워지자 깜짝 놀랐다. 유리였다. 나는 조금 의아했다.

"유리 아냐?"

"맞아. 가끔씩 저렇게 운동장을 혼자 뛰어. 몸이 강해야 정신도 강해진다면서."

"하여튼 기이한 녀석이야."

언제 왔는지 마두가 등 뒤에서 말했다.

우리 바로 아래로 다가왔을 때, 유리는 우리 쪽을 보며 짧게 웃으며 손을 흔들었다. 처음부터 우리가 여기에 있는 걸 알았던 것 같았다. 나는 조금 무안했다. 내 안에서 유리에 대한 감정이 변하고 있었다. 블린에서 그를 보기 전까지와 보고 나서부터 뭔가 달라졌다. 나는 유리를 이해하려고 많은 생각을 하고 있지만 길게 그 생각이 이어지지 않았다. 유리에 대해서는 여전히 내가 모르는 것이 너무 많았다. 그것이 호기심이었을 때는 좋았지만 의문이 되자 혼란스러웠다.

"그런데 지난번에 했던 얘기는 뭐야. 그거나 더 해 봐."

마두가 해태 옆에 앉으며 말했다. 불룩한 배를 만족스럽다는 듯이 쓰다듬었다. 나는 말뜻을 알아듣지 못해 양쪽을 번갈아 보았다. 마두가 헤벌쭉 웃었다.

"아니, 해태가 작업실에서 형 물건을 정리하다가 노트 한 권을 발견했대. 일기장 같은 건데, 거기에 뭔가 적혀 있나 봐. 좀 더 알아봐야 하는 거 아냐? 지금은 프라이버시를 따질 때가 아니잖아."

"난 그저 형이 무엇을 고민했을까 그게 궁금할 뿐이야. 다른 건 관심 없어."

역시 예상했던 대로 해태는 형의 실종에 대해 뭔가를 찾고 있었다.

"나도 마찬가지야. 내가 너보다 해성 형을 더 좋아한 거 알아? 나도 관심이 많다고."

마두는 자신이 뱉어 놓고도 쑥스러운지 얼굴을 붉혔다.

"나도 궁금한데."

나도 한마디 했다.

"작업실도 보고 싶네."

해태는 잠시 당황하는 듯 보였다. 작업실이란 게 개인 공간이라 내켜하지 않을 수도 있어 내가 괜한 말을 했나 싶었다. 그래도 마두는 자주 갔었을 텐데. 해태가 잠시 고민하는 것 같더니 고개를 끄덕였다. 마두가 내게 엄지를 들어 보였다. 유리는 언제 갔는지 운동장에 보이지 않았다. 기분이 별로 좋지 않았다. 그나마 해태의 작업실에 갈 수 있어서 기분 전환을 할 수 있을 것 같았다.

수업이 끝나고 우리는 곧장 해태의 작업실로 향했다. 해태의 작업실은 큰아빠네 집에 있었다. 짐작컨대 원래 주인은 해성이었으리라. 큰아빠네 집은 단독주택이었다. 해태가 살고 있는 아파트에서 멀지 않았다. 집 옆에 가건물로 지어진 작은 창고가 둘의 작업실이었다. 해태가 출입문을 채운 자물쇠를 열었다. 여러 종류의 크고 작은 드론들이 선반 위에 나란히 놓여 있었다. 한쪽 벽에 붙은 넓고 큰 테이블에는 고치다 만 드론과 부품 그리고 각종 장비들이 어지럽게 흩어져 있었다. 테이블 아래에 뚜껑이 닫힌 큰 상자가 있었다. 뚜껑은 자물쇠로 채워져 있었다. 해태가 주머니에서 열쇠를 꺼내 자물쇠를 풀고 뚜껑을 열었다.

"형 물건들이야. 형과 내가 키를 하나씩 갖고 있어. 평소에는 잘 열지 않는데 혹시 내가 모르는 뭔가 있을까 해서 좀 뒤져 보았어."

크기가 주먹만 한 곤충을 닮은 드론뿐만 아니라 새와 똑같이 생긴 드론들이 상자 안에 여기저기 흩어져 있었다. 한쪽 구석에는 노트와 책 몇 권이 세워져 있었다.

"저것들도 다 날 수 있어?"

"당연하지. 형은 동물을 닮은 드론을 좋아해서 직접 만들기도 했어. 흔한 쿼드콥터는 창의성이 없다며 싫어했지. 인공지능을 장착해서 입력한 목표를 스스로 수행하는 드론을 제작하기도 했어. 형은 아마 드론 회사에 들어갔어도 꽤 높은 대우를 받았을 거야."

"대단하다."

나도 모르게 중얼거렸다.

"난 형에 비하면 완전 초보지."

"지나친 겸손은 상대를 불편하게 한다!"

마두가 어슬렁거리며 한마디 했다.

나는 해성이 남겼다는 책들을 훑어보았다. 드론 관련 책이거니 했으나 의외였다. 주로 과학 책이었다. 책을 뺐을 때 그 아래에 갈색 가죽 줄로 된 손목시계가 보였다. 오래된 아날로그시계처럼 보였다.

해태는 구석에 있던 플라스틱으로 된 간이의자 두 개를 들고 와 앉으라고 했다. 마두가 의자 위에 먼지가 있다는 듯 손으로 쓸어내더니 내게 하나를 권했다. 내가 웃으면서 앉았다.

"전에 형이 했던 말이 생각나."

"뭘?"

"과학은 과연 끝없이 계속 발전할 수 있을까. 만약 끝이 있다면 그때 세상은 어떤 모습일까."

누구나 쉽게 생각할 수 있는 거였지만 어떤 모습일지는 얼른 떠오르지 않았다. 잠시 아무도 말이 없었다. 해태가 말했다.

"형이 그랬어. 인간은 존재하지 않을 거라고."

"왜?"

"모두 신이 되었을 테니까."

"그건 그야말로 과학이 순조롭게 계속 발달한다는 전제하에 가능한 거고, 내 생각에는 원자폭탄과 같은 대량살상무기나 바이러스 같은 합성생물을 만들어 인간들끼리 싸우다 멸종할 것 같아."

마두가 말했다.

"둘 다 결론은 인간이 존재하지 않는다는 거네."

내가 한마디 했다. 마두가 격하게 고개를 끄덕였다.

"어쩌면 오래전부터 형은 궁리연구소에 관심을 가졌던 것 같아. 지금 생각해 보면 궁리연구소 근처에서 드론을 자주 띄웠던 게 아무런 목적이 없었던 게 아니었어."

"엉? 그걸 왜 이제야 말하는 거야?"

마두가 놀라면서도 불평을 감추지 않았다. 해태가 그런 말은 하지 않은 모양이었다. 내가 보기에 해태는 형의 세계에 들어가지 않으려고 발버둥을 치면서도 어쩔 수 없이 끌려들어 가고 있는 것 같았다.

"지금 생각해 보니 연구소 감시망에 걸리지 않는 드론을 만들려고 형은 계속 새로운 드론을 만들었어. 형은 아주 독특한 드론을 많이 만들었지. 파리나 모기만 한 작은 곤충 드론부터 레이더에 잡히지 않는 스텔스 드론도 만들었어. 하지만 왜 몰래 연구소에 드론을 침투시키려고 했을까. 형에게는 궁리연구소는 무엇이었을까."

해태는 해성이 남긴 상자 한쪽 구석에서 까만 노트 한 권을 꺼내 테이블로 가져왔다. 마두와 나는 즉각적으로 의자를 끌어 테이블로 다가앉았다. 해태가 말한 해성이 남긴 노트일 거라는 느낌이 들어서였다. 마두가 페이지를 넘겼다. 특이한 모양의 드론이 몇 페이지에 걸쳐 그려져 있었다. 마두가 빠르게 다음 페이지로 넘겼다. 날짜가 적혀 있고 그 아래에 숫자들이 쓰여 있었다. 간간이 중간에 글도 적혀 있었다. '뭔가 있는 것 같다.' '오늘은 매우 고무적이었다.' '이상하다. 이런 곳에 왜 이런 것이 있을까.' 날짜는 계속 바뀌었다. 그리고 마지막에 그리스어 Φ가 쓰여 있고 그 옆에 숫자와 헤르츠 단위가 붙은 주파수가 적혀 있었다.

"이 숫자들은 GPS데이터야. 앞엣것이 위도고 뒤엣것이 경도지."

해태가 말했다.

"그래?"

마두가 놀라는 표정을 지었다. 나는 무슨 말인지 알아들을 수 없었다.

"그렇다면 매일 장소를 이동하며 어딘가를 찾아갔다는 거네."

마두가 말했다.

"그래."

"그럼 위치 확인은 해 봤어?"

해태가 가만히 있었다. 그건 확인을 해 봤다는 뜻이었다.

"어딘데?"

마두가 다그쳤다. 잠시 뒤 해태가 말했다.

"수명연장연구소."

"뭐라고?"

순간 나도 놀랐다. 그러니까 해성이 폐허가 된 수명연장연구소를 조사했다는 말이었다.

"그렇다면 네가 한 말이 맞네. 해성 형은 지금까지 계속 궁리연구소에 접근하려고 드론을 띄웠다는 거네. 폐허가 된 수명연장연구소를 조사할 이유는 없잖아."

마두가 흥분을 감추려고 노력하면서 차분하게 말했다. 잠시 골똘히 생각하던 마두가 눈을 크게 뜨며 말했다.

"그곳에 가 보면 어떨까. 뭔가 궁리연구소와 관련된 것이 있지 않을까. 이를테면 궁리연구소에 들어갈 수 있는 비밀 루트라든지."

마두는 스스로 말해 놓고 놀랐는지 입을 딱 벌렸다. 해태는 의외로 담담했다.

"말도 안 되는 소리."

이런 태도가 오히려 의심을 불러일으켰다. 이미 해태는 이 노트를 몇 번이나 훑어보았을 것이고 지금 마두가 생각했던 것들도 떠올렸을 것이다. 어쩌면 해태는 마두도 같은 생각인지 확인하고 싶었는지 모른다.

"무슨 소리야. 너는 벌써 이 노트를 수십 번 보았을 거 아냐. 나는 한 번 보고 그런 생각이 들었는데 네가 그런 생각이 안 들었다면 그건 거짓말이지."

마두가 목청을 높였다.

"폐허 지역은 출입금지구역이야. 그래서 해성 형은 거기를 택한 거야. 아무도 그 생각은 하지 않을 테니까."

마두가 마치 대단한 걸 발견한 것처럼 말했다.

"그래, 어쨌든 형이 궁리연구소에 접근하려고 그런 일을 했다고 치자. 나는 형이 왜 그런 일을 했는지 그걸 모르겠어."

해태가 답답한지 머리를 흔들며 말했다.

"해성 형이 크라운 멤버면 좋겠다."

"뭐라고?"

마두가 무심결에 한 말 같은데 해태가 크게 놀랐다.

"아, 난…… 그러니까 나도 크라운에 들어가고 싶다고."

마두가 서둘러 변명을 늘어놓았다.

"그런데 마지막에 주파수는 뭐야?"

내가 분위기를 바꿀 겸 한마디 했다.

"드론 주파수야. 그런데 평소에 우리가 쓰던 주파수는 아니야."

해태가 감정을 추스르고 말했다.

"주파수야 사용 범위 안에서 얼마든지 바꿀 수 있으니까 대수롭지 않은 문제지만, 왜 하필 여기에 그걸 써 놓았냐는 거지."

해태도 주파수가 신경에 거슬렸던 모양이었다. 더구나 그 옆에 있는 Φ 문자도 뭔가 연관이 있어 보였다.

"그럼 이 주파수를 실제로 우리가 써 보면 어떨까. 최소한 형에게 있었던 어떤 순간을 우리가 재현하는 거니까 뭔가 알아낼 수도 있지 않을까."

내가 말했다. 해태는 전혀 생각지 못한 표정이었다. 마두의 입가에 미소가 퍼졌다.

"시아가 눈치가 빠른데."

"아냐. 주파수는 누구든 쉽게 바꿀 수 있어. 아무것도 아닐 거야."

역시나 해태는 부정적이었다. 해태는 무엇이 두려운 것일까. 해성 형을 찾고 싶으면서도 자꾸만 뒤로 빼려고 하는 이유는 무엇일까.

"나도 해성 형을 찾고 싶어. 분명히 거기에 어떤 메시지가 있다고 생각해. 시아 말처럼 한번 시도해 보자."

마두가 말했다. 해태가 난처한 표정을 지었다.

"나는 할 수 없어. 우리 부모님이나 큰아빠 댁이나 모두 내가 더이상 드론을 하지 않기를 원해, 형처럼 될까 봐."

이제야 해태가 왜 형의 행적을 알고 싶으면서도 줄곧 애매모호한 태도를 취했는지 알 것 같았다. 이것이 해태가 참고 있는 속마음인지도 모르겠다. 마두나 나나 자기 욕심만 내세웠다. 마두도 가만히 있었다. 해태가 그동안 마음고생이 심했다는 걸 친구로서 몰랐다는 자책감이 든 것일까. 나도 더는 내 욕심을 밀어붙일 수 없었다.

"그래, 오늘은 여기까지만 하자."

내가 말했다. 모두에게 시간이 필요했다. 마두도 고개를 끄덕였다.

"고마워. 나도 생각해 볼게."

의외로 해태가 시원하게 대답했다.

6. 배스지수 500

에이아이북 『이야기』에서 - 아인슈타인①

2차 세계대전이 끝나고 몇 년이 지난 어느 날, 미국 프린스턴 고등연구소의 고풍스런 건물 사이로 두 사람이 걷고 있었다. 오후 햇살이 그들의 그림자를 길게 드리웠다. 잘 가꾸어진 잔디와 오래된 나무들, 그리고 조용하고 고즈넉한 산책 길은 사색하기에 좋았다. 한 사람은 조금 낡은 회색 코트를 입고 있었고 다른 한 사람은 깔끔하게 다림질된 검정색 재킷을 입고 있었다. 그들은 산책로에 떨어진 활엽수 잎을 밟으며 끝없이 이야기를 나누었다. 검정색 재킷을 입은 깡마른 체구의 남자는 검은 뿔테 안경 너머로 상대를 꿰뚫듯 눈을 빛내고 있었다. 반면 회색 코트를 입은 약간 통통한 몸집의 남자는 간간이 불어오는 바람에 헝클어진 하얀 머리카락을 쓸어 올리며 시종 해맑은 웃음을 잃지 않았다.

회색 코트는 이제 60대 초반인 알베르트 아인슈타인이었고 검정색 재킷은 30대 중반의 쿠르트 괴델이었다. 두 사람 다 독일에서 히틀러의 압제에 쫓겨 어쩔 수 없이 미국으로 건너와 프린스턴 고등연구소에 정착했다. 이 고등연구소는 뛰어난 능력을 가진 과학자들을 초청해 강의나 업무에 얽매이지 않고 오직 연구에만 전념할 수 있도록 배려해 주고 있었다. 그런데 나이가 거의 서른 살이나 차이 나는 두 사람이 도대체 무슨 대화를 그렇게 끝도 없이 하고 있는 것일까.

그즈음 아인슈타인은 통일장 이론에 매달려 날마다 조수를 괴롭혔다.

"유레카!"

연구실에서 아인슈타인이 이렇게 소리치면 조수 에른스트 슈트라우스가 달려왔다.

"자, 여길 보게. 이게 모든 혼란을 하나로 통일시켜 줄 거야. 얼마나 아름다운가!"

아인슈타인은 흥분을 감추지 못하고 손을 흔들다 들고 있던 연필을 떨어뜨렸다. 슈트라우스는 아인슈타인이 펼쳐 놓은 노트를 들여다보았다. 미적분과 관련된 기호들이 복잡하게 쓰여 있었다.

몇 시간이 흐르자 슈트라우스는 아인슈타인의 방정식에서 문제점을 발견했다. 그의 식들은 잘 알려진 몇 개의 방정식을 짜깁기로 묶어 놓은 것이었다. 슈트라우스가 그것을 지적하자 아인슈타인은 믿을 수 없다며 낙담한 표정을 지었다. 그러나 다음 날 아침이면 어김없이 아인슈타인은 다시 해맑은 얼굴로 나타나 어젯밤에 몇 가지 오류를 찾아내어 방정식의 결점을 해결했다고 호들갑을 떨었다. 그러나 몇 시간 만에 슈트라우스는 새로운 오류를 찾아냈다.

지난 2년 동안 아인슈타인과 제자 사이에 날마다 벌어지는 일이었다. 죽음이 목전에 왔을 때도 아인슈타인은 연구를 포기하지 않았다. 뉴턴이 말년에 연금술에 매달렸듯이 아인슈타인도 만물의 원리를 밝히는 연구에 남은 생을 보냈다. 평범한 물질로 금을 만드는 것은 물질의 근본적인 특성을 모두 알 때 가능할 것이다. 마찬가지로 우주의 존재 원리를 완전히 알아낸다면 만물의 법칙도 완성될 것이다. 슈트라우스는 뉴턴의 제자 클라크처럼 아인슈타인의 이중적인 모습에 괴로워했을까. 그래도 아인슈타인은 물질욕이나 권력욕 따위는 없었다. 그는 오로지 우주의 진리를 알고 싶어 했다. 하지만 자연의 우연성을 거부하거나 말년에 보인 통일장 이론에 대한 집착 등은 살아생전에 위대한 과학자로 존경 받던 아인슈타인의 또 다른 이면이었다. 슈트라우스도 클라크만큼 괴로워하지는 않았겠지만 존경심과 당혹감 사이에서 숱한 좌절을

겪었을 것이다.

일찍이 맥스웰은 전기와 자기가 같은 현상임을 알고 그 둘을 하나로 묶어 전자기 방정식을 만들었다. 맥스웰과 패러데이의 사진을 평생 자신의 책상에 둘 정도로 그들을 존경했던 아인슈타인도 관성력과 중력이 같다는 것으로부터 상대성이론을 만들었다. 여기서 한 걸음 더 나아가 아인슈타인은 만약 맥스웰의 전자기 방정식과 자신의 상대성이론을 하나로 통합하면 만물의 원리를 알 수 있겠다는 생각을 하게 되었다. 이것이 그가 평생 추구한 통일장 이론이다. 하지만 아인슈타인의 생각은 너무 시대를 앞질렀다. 많은 과학자들이 이제는 아인슈타인도 한물갔다며 그의 연구를 비웃었다. 하지만 아인슈타인이 죽고 난 뒤 양자역학이 확립되면서 과학자들은 만약 미시세계를 다루는 양자역학과 거시세계를 묘사하는 상대성이론을 통합하면 정말 만물의 이론을 얻을 수 있겠다는 생각을 하게 된다. 하지만 그로부터 반세기가 훌쩍 지난 지금까지도 이론은 통합되지 못했으며 평생 그것에 몰두한 수많은 과학자들을 절망에 빠뜨렸다. 과연 만물의 이론은 존재하는 것일까.

"내 생각에는 변함이 없네. 통일장 이론은 반드시 존재할 걸세."

아인슈타인은 바람에 날리는 코트 깃을 여미며 고개를 숙이고 묵묵히 걷고 있는 괴델을 돌아보며 말했다.

"글쎄요, 그게……. 인간이 과연 찾아낼지……."

"그런데 도무지 양자역학은 믿을 수가 없네. 엄밀한 논리로 우주를 탐구해야 할 과학자들이 어떻게 주사위가 보여 주는 우연한 숫자에 심오한 뜻이라도 있는 듯 숭배할 수 있단 말인가. 확률은 과학이 아닐세. 세계는 법칙에 의해서 움직이는 것이지 우연에 의해서 작동되지 않네."

아인슈타인은 오래전 보어와 논쟁했을 때가 떠오르는지 눈살을 찌푸렸다. 수십 년 전 유럽에서 세계의 과학자들이 모여 양자역학의 이중성에 대해서 뜨거운 논쟁을 벌인 적이 있었다. 모든 물질은, 빛이든 전자든 심지어 커다란 돌덩이조차도 입자와 파동이라는 두 가지 성질을 모두 가지고 있다는 것이 양자역학의 이중성이다. 한 물질이 어떻게 두 가지 성질을 동시에 가질 수 있단 말인가. 아인슈타인은 양자역학의 이중성을 믿지 않았다.

아인슈타인은 자연은 원인에 의해서 명백한 결과가 생기는 것이지 불확정적인 확률로만 예측되는 미래는 있을 수 없다고 주장했다. 아인슈타인에 따르면 모든 우주적 현상은 결정되어 있는 것처럼 보인다. 아인슈타인은 자유의지조차도 믿지 않았다. 인간의 삶에서 자유의지는 존재하지 않으며 자유의지라고 믿고 있는 것들도 복잡한 인과관계에 의해 결정되는데 다만 우리가 그것을 알지 못할 뿐이라는 것이었다.

한 치도 물러서지 않는 아인슈타인을 지켜보다 지쳐 버린 보어가 소리쳤다.

"물리학은 자연이란 무엇인가 답하는 것이 아니라 우리가 자연에 대해서 말할 수 있는 것에 대한 지식입니다!"

아인슈타인도 지지 않고 말했다.

"우리가 인식하는 대상과 상관없는 외부 세계가 실재한다는 믿음도 모든 자연과학의 기반이오."

비록 논쟁에서는 졌지만 아인슈타인은 결코 자신의 신념을 포기하지 않았다.

아인슈타인의 상대성이론은 놀라움을 넘어 기이하고 심지어 낯설기까지 하다. 질량이 큰 물체 주변에는 공간이 휘고 시간이 느려진다는 것이 일반상대성이론의 핵심 내용이다. 공간이 아이들의 트램펄린처럼 유동적으로 흔들리고 시간이 늘어났다 짧아졌다 한다면 도대체 우주는 어떻게 생겨 먹었다는 말인가. 우주는 시작도 끝도 없으며 영원히 변하지 않는다고 알려져 있지 않은가. 아인슈타인도 자신의 이론을 믿지 못했다. 우주가 팽창하고 있다는 허블의 법칙이 나오기까지 아인슈타인은 우주가 변한다는 것을 믿지 않았다. 그러나 우주는 시작과 함께 팽창했으며 지금도 계속 커지고 있다는 것이 오늘날 과학자들의 주장이다. 이 모든 주장의 핵심에 아인슈타인의 상대성이론이 있다. 하지만 상대성이론은 만물의 이론은 아니다. 그러나 아인슈타인도 뉴턴처럼 이 우주를 단

하나의 이론으로 설명할 만물의 이론이 있을 거라고 믿었다.

아인슈타인은 진리를 사랑했고, 진리가 세계를 지배하면 인류는 자유를 얻고 전쟁과 같은 폭력은 없어지리라고 믿었다. 하지만 2차 대전 말미에 독일이 먼저 원자폭탄을 만들지도 모른다는 두려움 때문에 미국 대통령에게 핵무기의 필요성을 주장하는 편지를 보냈다. 그 뒤 미국은 수많은 과학자들이 참여한 맨해튼 프로젝트를 출범시켜 결국 핵무기를 만들고 말았다. 1945년 8월 일본의 히로시마와 나가사키에 원자폭탄이 떨어졌고 수많은 사람들이 말로 형언할 수 없는 고통 속에서 죽어 갔다. 이것을 계기로 과학의 이중성에 크게 충격을 받은 아인슈타인은 남은 생애 내내 평화를 호소하는 일에 참여했다.

아인슈타인은 취리히 공과대학에서 만난 첫 번째 부인 밀레바와 사이에 두 명의 아이를 두었다. 하지만 부인과 아이들은 불행했다. 첫째 아이는 나중에 대학교수가 되지만 평생 아버지의 명성에 짓눌려 살아야 했고 둘째는 20대 때부터 정신분열증에 걸려 죽을 때까지 정신병원을 벗어나지 못했다. 매우 뛰어난 물리학도였던 밀레바는 결혼한 뒤에도 공부를 계속하려고 했지만 아인슈타인이 허락하지 않았다. 둘 사이는 멀어졌고 결국 이혼했다. 밀레바는 정신병원에 있는 아들을 돌보며 좌절과 절망 속에서 남은 생을 살았다. 아인슈타인은 단 한 번도 정신병원에 있는 아들을 보러 가지 않았다. 아인슈타인은 가족 관계에서 생기는 갈등과 스트레스로부터 벗어나기 위해 물리학에 헌신했다고 말했다. 건조하고 차가운 우주로부터 아인슈타인은 삶의 위안을 받았던 것이다.

아인슈타인은 시간은 창조되는 것이 아니며 4차원 시공간의 한 부분이라고 말했다. 아인슈타인에게는 시간과 공간이 독립적으로 분리되어 있는 것이 아니라 시공간이라는 한 덩어리로 존재했다. 다시 말하면 시간은 과거에서 미래로 흘러가는 것이 아니라 우주라는 세계 안에 무한히 펼쳐져 있는 어떤 것이었다. 그래서 그의 가장 친한 친구였던 베소가 죽었을 때 이렇게 말했다. '그는 이 기이한 세계를 나보다 좀 더 일찍 떠났을 뿐이다. 그러나 그것은 어떤 의미도 없다. 우리와 같은 물리학자에게 과거와 현재, 미래는 단지 환상에 불과할 뿐이다.'

나는 『이야기』를 껐다. 뭔가 기묘한 느낌에 오싹 소름이 돋았다. 뉴턴이나 아인슈타인이 무엇을 발견했는지 모르는 것은 아니지만 그것들은 모두 우주의 존재 원리에 관한 거였다. 우주와 세상 만물이 어떻게 생겼고 어떻게 존재하는지 그것을 밝히고자 그들은 평생 가족도 멀리하면서 연구에 매달렸던 것이다. 그런데 그것은 바로 내가 이 세상에서 가장 궁금해하는 것이 아니었던가! 나는 이 세상이 어떻게 생겼는지, 왜 우리는 이렇게 살아가고 있는지 그게 너무나 알고 싶었다. 이제야 유리가 우주가 움직이는 소리를 들었다고 한 뒤부터 그 말이 뇌리를 떠나지 않았던 이유를 알 것 같았다. 그건 우주가 어떻게 생겼는지 소리로 들려준 게 아니었을까.

정말 신기한 것은, 나는 뉴턴이나 아인슈타인이 만물의 원리를 알고 싶어 만유인력이나 상대성이론을 연구했다고 단 한 번도 생각해 본 적이 없었다. 그것들은 단지 수많은 과학기술 분야에 훌륭하게 적용되고 있는 위대한 물리법칙일 뿐이었다. 하지만 그들이 궁극적으로 원했던 것은 세상 만물의 법칙이었다. 더 놀라운 사실은 궁리연구소였다! 궁리연구소는 궁극의 원리를 연구하고 있다고 했다. 궁극의 원리가 뭔가, 세상 만물의 법칙과 무엇이 다른가, 내가 보기엔 같은 것이다. 그렇다면 궁리연구소는 바로 뉴턴과 아인슈타인처럼 우주의 궁극의 원리를 알아내려고 하는 곳이 아닌가. 아마도 그래서 해태의 형 해성도 궁리연구소에 관심을 가진 것 같다. 심장이 쿵쾅쿵쾅 뛰었다. 진정으로 내가 알고 싶었던 것이 무엇인지 깨닫는 순간이었다.

다음 날 학교에서 작은 소동이 일어났다. 오후 수업 중 유리가 배스훈련을 받다가 의식을 잃은 것이었다. 더 놀라운 소문은 의식을 잃을 당시 유리의 배스지수가 500을 넘었다는 것이다. 앰뷸런스가 와서 의식을 잃은 유리를 실어 갔다. 아이들이 삼삼오오 모여서 유리에 대한 얘기로 술렁댔다. 수업 시간 내내 어두운 생각으로 마음이 무거웠다. 내가 정말 유리를 걱정하고 있는 것일까. 수업이 끝나고 서둘러 교문을 나서니 해태와 마두가 기다리고 있었다. 내 표정이 어두운 것을 보고 둘은 아무 말 없이 걸었다. 임상 빌딩 앞까지 내려가지 않고 중간에 있는 횡단보도에서 길을 건넜다. 건너편에 임상 빌딩이 보일 때까지 길을 따라 내려가며 침묵이 이어졌다. 집으로 가는 골목길에 들어서자 더는 못 참겠는지 마두가 한마디 했다.

"그 녀석 괜찮겠지?"

볼 때마다 으르렁거리며 싸우지 못해 안달을 하던 상대가 그래도 병원에 실려 갔다고 하니 걱정은 되는 모양이었다.

"일시적인 과부하 같은 거겠지. 만약 그게 배스훈련에서 자주 발생하는 부작용이라면 매뉴얼에 적혀 있을 거야."

해태가 말했다.

"하긴 배스지수 500을 넘길 일이 있어야 말이지. 그 녀석이 처음이잖아. 괴물은 괴물이야."

마두가 혀를 찼다.

"그런데 앰뷸런스가 어디로 데려갔을까?"

내가 고개를 갸우뚱하며 묻자 마두가 바로 대답했다.

"당연히 블린 병원에 데려갔겠지. 시에서 제일 큰 병원이니까."

도저히 이대로는 집으로 갈 수 없어 마두에게 블린 병원의 위치를 물었다. 가까운 곳에 있었다. 나는 병원에 들러 보겠다고 말하고 둘과 헤어졌다. 배스지수 500이 정말 실현 가능한 숫자일까. 나는 기껏해야 250에서 300 사이를 왔다 갔다 하는데. 점수가 올라갈수록 점점 더 높은 점수를 내기가 어려워진다. 2, 300이야 누구나 쉽게 올라가지만 500에 접근하려면 엄청 힘들어진다. 완전히 기계와 일체가 되면 400까지 갈 수 있다는 말이 있다. 그러나 500은 마의 지수다. 그건 마치 상대성이론에서 물체가 빛의 속도에 가까워지면 질량이 무한대로 커지는 것과 비슷하다. 그런데 그 마의 지수를 유리가 해냈다. 진짜 걱정되는 건 그때의 뇌 상태가 어떨까 하는 것이다. 나는 짐작조차 할 수 없었다.

블린 병원은 임상 빌딩 건너편에 있었다. 유리는 응급실에 없었다. 접수처에 가서 유리가 몇 호실에 입원해 있는지 물었다. 직원이 이름을 입력하고 확인해 보더니 그런 사람은 들어오지 않았다고 했다. 나는 잠시 어리둥절했다. 유리는 분명히 학교에서 의식을 잃었고 앰뷸런스가 왔었다. 그런데 병원에 오지 않다니. 블린에 다른 병원이 없지는 않겠지만 가까운 병원을 두고 다른 병원에 갔을 리가 없다. 좀 이상했다. 다른 병원을 알아볼까 하다가 포기했다. 큰일 없기를 바랐다. 유리 부모님 전화나 집도 알지 못해 연락할 수도 없었다.

집으로 향했다. 내일 학교에 가서 확인해 보는 수밖에 없었다.

울적한 마음으로 터덜터덜 걸었다. 집에 도착할 즈음 해태로부터 메시지가 왔다. 드론 띄우러 가겠다고 했다. 함께 가려면 시청 앞 삼거리로 오라고 했다. 유리 걱정이 머리에서 떠나지 않았지만 그렇다고 가만히 앉아서 걱정만 한다고 될 일은 아니었다. 그냥 기분이나 풀자는 생각이 들어, 간다고 답장을 했다.

집에 도착해서 가방을 집어던지고 현관에 세워 두었던 전기자전거를 꺼냈다. 배터리는 가득 충전되어 있었다. 곧장 자전거를 끌고 집을 나왔다. 내가 제일 먼저 삼거리 갈림길에 도착했다. 곧 이어 해태와 마두도 나타났다.

해태가 유리에 대해서 물었다. 병원에 없더라고 말했다. 해태는 고개를 갸우뚱하며 의아한 표정을 짓더니 다른 병원에 갔을 거라며 걱정하지 말라고 했다. 나는 더 이상 그것에 대해 얘기할 수 없었다. 벌써 해태와 마두는 다른 생각에 빠져 있었기 때문이었다. 곧이어 전기자전거는 마을을 벗어나 철길 쪽으로 달리고 있었다.

큰길에서 벗어나 자전거는 약간 오르막인 비포장 길로 들어섰다. 계단식 논과 밭이 길옆으로 펼쳐져 있었다. 그러나 농사는 짓지 않은 지가 오래되었는지 풀만 수북이 자라 있었다. 왼쪽으로 멀리 철길이 보였다. 철길을 따라서 지난번과는 반대 방향으로 온 것 같았다. 한참을 달리자 조금씩 철길에서 멀어지면서 논밭은 끝나고 숲길이 나타났다. 상쾌한 공기가 콧속으로 스며들었다. 오르막은 계속 이어졌으나 전기로 움직이는 자전거라 힘들지는 않았다. 넓은 공터가 나타났다. 앞서가던 마두가 자전거를 세웠다.

해태는 가방을 열고 몇 개로 나누어져 있는 드론을 꺼내 연결하기 시작했다. 나와 마두는 브이알용 안경을 썼고, 해태는 헬멧처럼 생긴 헤드셋을 썼다. 손에는 태블릿컴퓨터가 들려 있었다. 내가 말했다.

"헤드셋이 지난번하고 달라."

"그건 손으로 직접 조종하는 거였고, 오늘은 생각으로 조종할 거야. 사실은 이게 더 어려워. 드론하고 내가 한 몸이 돼야 하거든."

드론의 날개가 작은 소음과 함께 돌기 시작했다. 마두도 흥분되는지 두 손을 잡았다. 해태는 드론과 조종기의 주파수를 맞추었다. 해성이 노트에 적어 놓은 그 주파수였다. 내가 마두에게 어떻게 설득했느냐고 묻자, 마두는 자신은 말한 적이 없고 해태가 자발적으로 마음을 바꾸었다고 말했다. 해태가 눈을 감고 생각에 집중하기 시작했다. 드론이 천천히 뜨기 시작했다.

잠시 뒤, 나는 하늘에서 숲을 내려다보고 있었다. 푸른 하늘과 드넓은 숲. 가슴이 탁 트이는 기분이었다. 잠시 유리를 잊었다. 드론은 마치 하늘에 떠 있는 매처럼 호버링을 하면서 사방 둘레를 천천히 둘러보고 있었다. 그러다 마치 매가 급강하하듯 떨어지다가 나무 바로 위에서 아슬아슬하게 활강했다. 나는 숨이 멎을 것 같았다. 마치 내가 하늘을 그렇게 날고 있는 것처럼 느껴졌다.

"아─앗!"

나도 모르게 내 입에서 비명이 튀어나왔다. 다시 드론은 천천히 상승했다. 멀리 숲의 끝이 보였고 그 너머에 하늘과 맞닿아 있는 바다가 보였다. 드론은 더 높이 떠서 바다 쪽으로 향했다.

"바다다!"

마두가 소리쳤다. 구름이 머리 위에 있었다. 계속해서 내가 날고 있다는 착각이 들어서인지 마치 투명한 공기층을 뚫고 지나가는 듯했다. 해태는 드론을 자유자재로 움직였다. 회전도 하고 뒤집어 날기도 했다. 갑자기 급상승했다가 자유낙하로 뚝 떨어지기도 했다. 그럴 때마다 나와 마두의 즐거운 비명 소리가 숲속에 울려 퍼졌다. 참으로 오랜만에 나는 자신을 잊고 있었다.

드론이 갑자기 역으로 방향을 틀어 숲을 향해 날았다. 드론의 속도가 빨라지더니 아래로 급강하를 했다. 나는 바다 쪽으로 더 가지 않는 것이 아쉬웠지만 해태가 또 쇼를 하나 보다 생각했다. 해태가 다급하게 말했다.

"이상해. 드론이 말을 듣지 않아."

"뭐라고? 수동 모드로 전환해야 하는 거 아냐?"

마두가 말했다.

"안 돼. 컨트롤러를 안 가져왔어. 태블릿으로만 해야 하는데 그건 더 어려워."

다시 드론이 정상비행을 하고 있었다.

"누군가가 원격으로 방해하고 있어. 내 주파수를 해킹했어. 드론이 내 명령을 들었다 저쪽 명령을 들었다 하고 있어."

"그렇다면 그 주파수는 특별한 의미가 없었던 거 아냐?"

"모르지. 상대방의 주파수를 알기는 쉽지 않아. 우연히 일치할 가능성은 거의 없다는 거지. 그러니까 누군가가 의도적으로 침투해 왔다고 해야 맞아."

"그러니까 그 누군가는 해성 형을 알고 있다?"

"아니면 해성 형일 수도 있어. 이 주파수를 아는 사람이 해성 형이라는 것은 확실하잖아."

내가 말했다.

"역시 똑똑해."

마두가 칭찬인지 장난인지 알 수 없는 대꾸를 했다. 해태는 드론을 조종하느라 내 말을 들은 것 같지도 않았다.

드론이 나무 사이로 떨어졌다. 다시 낮게 날며 나무 사이를 헤치고 나아갔다. 나무와 나무 사이를 곡예하듯 비행하기 시작했다. 해태와 해커가 서로 드론을 장악하려고 겨루는 것 같았다. 나는 너무 어지러워서 브이알 안경을 벗었다. 해태가 긴장된 자세로 몸을 움직이고 있었다. 이대로 해커에게 빼앗기면 드론은 나무에 부딪히거나 땅에 추락해서 부서지고 말 것이다. 해태가 필사적으로 드론을 조종하고 있었다. 마두는 손에 땀을 쥐고 해태를 응원하고 있었다.

"조심해! 전방에 소나무야. 오른쪽으로."

마두의 도움이 결정적인 역할을 하는 것 같았다. 해태는 당장 눈앞에 장애물을 피하기 바쁠 텐데, 마두가 좀 더 먼 곳을 바라보며 사전에 위험을 해태에게 알리고 있는 모양이었다. 그래서 해태가 조종할 수 있는 시간을 벌어 주고 있었다. 십여 분을 그렇게 해태와 해커는 긴박한 싸움을 벌이고 있었다.

"드론이 거의 땅 위를 날고 있어!"

마두가 소리쳤다. 해태의 몸이 좌우로 흔들렸다. 자신도 모르게 드론의 움직임을 따라가고 있는 듯 보였다. 아마도 해태는 가능한 한 드론을 망가뜨리지 않고 착륙을 시도하고 있는 것 같았다. 그런데 저쪽에서 그대로 놔두고 있지 않는 게 분명했다. 해태는 어떡하든 바위와 나무에 부딪치지 않으려고 최선을 다하고 있었다.

"드론 속도가 줄어들었어."

마두가 조금 안정된 목소리로 말했다.

"뭔가 이상해. 내가 해커의 유도에 끌려가고 있는 것 같아."

해태가 말했다.

"지금까지 추락을 피하려고 안간힘을 썼는데 가만 보니 해커도 똑같은 행동을 하고 있었던 것 같아."

그러니까 해커도 추락을 원한 건 아니라는 말이었다. 오히려 해커가 유도한 대로 끌려간 것 같다는 거였다.

"드론이 바닥에 내려앉았어."

해태가 조금 안도하는 목소리로 말했다. 나는 브이알 안경을 다시 썼다. 카메라는 멀리까지 찍지는 못했다. 드론이 망가진 것 같지는 않았다. 땅바닥과 나무의 밑동만 보였다. 해태가 다시 띄우려 했지만 드론은 꿈쩍도 하지 않았다. 분명히 해커가 해태의 명령을 막고 있었다. 해태는 태블릿으로 로그파일을 열어 드론의 현재 위치를 확인했다.

"약 1킬로미터 바깥에 있어."

"빨리 가 보자. 해커의 짓이라면 그 녀석이 훔쳐갈지도 몰라. 더구나 자기가 있는 근처로 유도했다면 더 급해."

해태가 바닥에 흩어져 있는 장비들을 서둘러 가방에 넣고 어깨에 멨다.

"시아는 어떻게 할래? 여기에 있어."

"아냐, 나도 갈 거야."

우리는 서둘러 GPS를 켜고 드론이 추락한 지점을 향해서 뛰어갔다. 숲속에서 1킬로미터는 꽤 멀었다. 처음부터 아예 길에서 벗어났다. 해태는 나뭇가지를 헤치고 바위를 뛰어넘었다. 낮은 능선 하나를 넘어 다시 내리막길을 미끄러지면서 정신없이 앞으로 나아갔다. 드론은 해태에게 반려 로봇이나 마찬가지일 것이다. 오랫동안 정성을 들여 제작하고 업그레이드하다 보면 마치 내 몸의 일부처럼 애착이 생기기도 할 것이었다. 그러니 지금 얼마나 마음이 급할까. 해태는 업그레이드할 때 보안을 향상시키지 못한 것이 후회가 된다고 말했다.

비탈진 경사를 몇 번이나 미끄러지면서 20분을 넘게 좇아 드디어 드론이 추락한 지점에 다가갔다. 다행스럽게도 땅은 펑퍼짐했고 드론은 찾기 쉬울 것 같았다. 그런데 그 순간 태블릿에 보이는 드론 카메라가 움직이기 시작했다. 셋은 잠시 걸음을 멈추고 화면을 지켜보았다. 누군가가 바닥에 떨어진 드론을 집어 드는 것 같았다. 화면이 어지럽게 오르내렸다. 그리고 잠깐 뭔가 이상한 장면이 보이는 듯했으나 다음 순간 화면이 꺼졌다.

"뭐지?"

마두가 말했다.

해태가 영상을 거꾸로 돌려 다시 틀었다. 그러나 마지막 장면이 무엇인지는 알 수 없었다. 기둥 같기도 한 뭔가가 순간적으로 나타났는데 바로 화면이 꺼지는 바람에 알 수 없었다.

"거의 다 온 것 같으니까 일단 빨리 가 보자."

118

해태가 침착하게 말했다. 해태의 발걸음이 더욱 빨라졌다. 하늘을 향해 길게 뻗은 나무들이 길을 막았다. 나무 냄새가 짙게 풍겼다. 나무들 사이를 헤치고 이삼십 미터를 나아가자 넓은 평지가 나왔고 작은 집 한 채가 보였다.

"이런 곳에 웬 집이지?"

마두가 말했다.

"GPS가 가리키는 위치에는 거의 다 왔어. 저 집에 사람이 산다면 아무래도 드론은 이곳에 떨어진 게 맞는 것 같아."

숨을 헐떡이며 나는 겨우 두 사람의 꽁무니를 따라잡았다.

"일단 저 집에 가 보자."

해태가 말했다. 가까이 다가가자 집 둘레에는 텃밭인 듯 상추와 같은 채소들이 심어져 있었다. 사람이 살고 있는 게 분명했다. 집 앞으로는 시야가 제법 멀리까지 열려 있어 마치 숲의 끝에 다다른 느낌이 들었다. 집 둘레를 돌아 앞쪽으로 갔다. 크지 않는 일자형 집이었다. 집 앞에 넓은 평상이 있었다. 평상 위에 드론이 놓여 있었다. 해태는 보자마자 자신의 것이라는 걸 알아보았다. 사람이 나타난 걸 눈치챈 것일까, 문이 덜컹하고 열리더니 어떤 사람이 나왔다. 무릎까지 내려오는 장삼처럼 생긴 하얀 옷을 입고 있었다.

"어서들 와."

부드럽고 선선한 목소리였다. 그는 성큼성큼 걸어 평상으로 올라가 앉았다. 그리고 우리에게 손짓을 했다. 와서 앉으라는 뜻이었다. 해태와 마두가 신음 소리를 뱉었다.

"리, 리강거 선생님!"

둘이 동시에 소리쳤다. 리강거 선생님이란 말에 나도 놀랐다. 해태와 마두가 줄기차게 말하던 바로 그분이란 말인가. 그런데 리강거 선생님이 어떻게 해태의 드론을 해킹했단 말인가.

"그렇게 석상처럼 서 있지 말고 어서 올라와."

리강거 선생님이 다시 한번 부드러운 목소리로 말했다. 해태와 마두가 머뭇대며 평상으로 다가갔다. 해태는 리강거 선생님을 존경한다고 했는데 이런 상황이 더욱 낯설게 느껴졌을 법했다. 그래도 반가운지 표정은 어둡지 않았다.

"선생님이 어떻게 여기에 계세요? 그리고 선생님이 제 드론을 해킹했어요?"

해태는 앉자마자 질문을 퍼부었다.

"천천히 하나씩 물어라. 대답할 시간은 충분해."

선생님이 웃으며 말했다. 숲속이어선지 평상에서 엉덩이로 찬기가 올라왔다. 해태가 나를 이번에 전학 온 친구라고 소개했다. 선생님이 나를 보며 따뜻한 미소를 보냈다.

"아무튼 드론을 강제로 끌고 와서 미안하구나. 망가진 데는 없는 것 같으니까 너무 기분 나빠 하지는 마라."

"아, 아닙니다."

해태가 쑥스러워했다.

"그 주파수는 해성과 나만이 아는 거야. 드론을 통해 메시지를 주고받을 때 사용하는 주파수지. 이 주파수로 드론을 띄우면 반경 5킬로미터 안에서 내 수신기가 감지를 해. 센서에 불이 들어오기에 해성이 돌아온 줄 알았다. 넌 줄은 몰랐어. 어쨌거나 너의 드론 솜씨도 해성 못지않아."

해태의 얼굴이 빨개졌다. 나는 리강거 선생님이 해성을 알고 있으리라는 것은 금방 납득이 갔다. 최근에 퇴임을 했다면 분명히 해성에게도 선생님이었을 테니까. 그러나 선생님의 몇 마디 말에서 두 사람 사이가 보통이 아님을 짐작케 했다. 그렇다면 그걸 해태도 알고 있었을까.

"여긴 내 별장이야. 음, 편안하게 휴식을 취하는 곳이기도 하지만 때로는 비밀 장소가 되기도 하지. 오늘처럼 말이야."

리강거 선생님은 여유로워 보였지만 어딘가 긴장감이 감돌았다.

"해성은 제대하고 날 몇 번 찾아왔어. 군대에서 군사용 드론이 가공할 파괴력을 가지고 있는 것을 보고는 많이 힘들었던 것 같아. 유도 미사일까지 날릴 정도니까. 처음부터 드론은 무기로 개발되긴 했지만 실상을 보고는 충격을 받은 거지."

해태는 조용히 고개를 끄덕였다.

"해성은 학교에 다닐 때에도 가끔씩 날 찾아왔었어. 무척 생각이 깊은 학생이었지. 나와 철학적인 논쟁을 할 정도였으니까."

해태의 말만 듣고도 해성이 어떤 사람인지 짐작했었다. 리강거 선생님의 말을 들으니 더욱 짐작하고도 남았다.

"그런데 얼마 전부터 해성이 다시 배스훈련을 받기 시작했어."

"네?"

해태가 놀란 눈으로 선생님을 바라보았다. 학교를 졸업하고 군대까지 갔다 와서 다시 배스훈련을 받다니. 물론 배스훈련은 도서관에서 개별적으로 받을 수 있다. 신분만 인증 받으면 국가는 어디에서든 배스훈련을 받을 수 있도록 하고 있다.

"배스지수 500을 넘으면 궁리연구소에 갈 수 있다는 것을 알게된 것 같아. 자신이 살고 있는 곳에 궁리연구소가 있다는 것에 대해서 오래전부터 관심을 가지고 있었어."

"배스지수 500을 넘으면 궁리연구소에 갈 수 있다고요?"

"그건 사실 궁리연구소에 문의해야만 알 수 있는 정보야. 500을 아무나 넘을 수 있는 건 아니니까 관심이 없으면 모를 수 있지."

"그, 그렇다면……."

나는 유리를 떠올렸다. 유리도 배스지수 500을 넘겼다. 그리고 입원했을 거라고 생각했던 병원에 갔을 때 유리는 없었다.

"하지만 형이 배스지수 500을 넘긴 건 아니겠죠?"

"글쎄, 그건 나도 몰라."

해태는 설마 하는 생각을 하면서도 그럴 가능성이 전혀 없지도 않다는 생각이 드는지 고개를 갸웃했다. 지금으로서는 모든 가능성이 열려 있었다.

"해성은 크라운이라는 비밀 조직에 들어갔어."

"네?"

마두가 더 놀랐다. 마두는 해성이 크라운에 들어갔으면 하고 농담처럼 말하지 않았던가. 지금 마두의 모습으로 봐서 마두는 진짜 그러기를 바란 것 같았다. 그건 자신도 조직에 들어가기를 원했던 것이 진심임을 말해 주고 있었다. 해태도 눈을 크게 떴다. 해태는 아무래도 믿고 싶지 않았지만 예상하고 있었던 것 같다. 학교까지 제대한 부대의 상관이 찾아오고 해태 자신의 입으로도 철조망 절단 사건이 크라운이란 비밀 단체가 개입했을 수도 있다고 말하지 않았던가.

"크라운은 과거 수명연장연구소를 파괴했던 비밀 조직들보다는 과격하진 않지만 주장이 명확하고 사회적 관심을 환기시키려는 쪽으로 활동을 많이 하고 있어. 최근에는 궁리연구소도 관심을 가진 것 같아. 궁극의 원리를 연구하는데 왜 국가가 비밀 연구소로 지정해서 통제하고 있느냐는 거지. 아마도 해성이 드론을 잘 다루니까 일단 드론을 내부로 침투시키려는 계획을 세운 것 같은데……."

"그런데 형이 직접 들어갈 생각으로 배스훈련을 받기 시작했다는 거예요?"

해태가 조금 흥분한 목소리로 물었다.

"연구소의 감시망이 워낙 촘촘해서 스텔스 드론으로도 침투하기 어려웠던 것 같아."

리강거 선생님의 말은 결국 해성은 궁리연구소에 들어가기 위해 배스훈련 쪽으로 방향을 틀었다는 뜻으로 들렸다. 해태로서는 해성 형이 무엇을 하고 있었는지 몰라 불안했던 것은 조금 풀어졌으나 그렇다고 소재가 명확하게 밝혀진 것도 없어 답답함은 여전할 것 같았다.

"궁리연구소에서 궁극의 원리를 연구하고 있다면 그건 엄청난 일 아닌가요?"

내가 무심결에 물었다. 어쩌면 리강거 선생님에게 확인하고 싶었던 것인지도 몰랐다.

"궁극의 원리는 지금 전 세계에서 수많은 과학자들이 연구하고 있는 초끈 이론이나 M 이론처럼 만물의 이론을 말하는 거잖아요?"

내가 재차 확인하고 싶어 물었다.

"그렇겠지."

리강거 선생님은 내 질문의 의도가 애매한지 간단하게 대답했다.

"만약 궁극의 원리가 밝혀진다면 세계는 어떻게 될까요? 우주에서 일어나는 모든 현상을 이해하게 되는 건데……."

"그러면 해성 형이 말했다는, 인간이 존재하지 않는 세상이 되겠지. 모두가 신이 된다며."

마두가 퉁명스런 말투로 끼어들었다. 하지만 나는 그것보다는 이 세상에서 벌어지고 있는 이해하기 힘든 일들이 궁극의 원리로 모두 밝혀질 수 있지 않을까 하는 생각이 들었다.

"지구온난화도 해결할 수 있을 거고, 전쟁과 같은 비극도 일어나지 않을 것 같아요. 왜냐하면 존재하는 모든 것에 대한 궁극의 원리니까요."

"그런 원리가 있다면 그럴 수도 있겠지. 하지만 그런 원리는 없어."

리강거 선생님이 웃으면서 말했다. 내 말이 너무 순진하게 들린 모양이었다. 하지만 나는 기대를 버리지 않고 말했다.

"아직 없을 뿐이지…… 그래서 궁리연구소에서 그걸 찾고 있는 게 아닐까요?"

"그런데 좀 이상하지 않아?"

마두가 다시 참견을 했다.

"세계적인 석학들도 아직 궁극의 원리를 찾지 못했는데, 왜 궁리연구소에서는 배스지수 500을 넘긴 친구들을 데려가고 있을까?"

마두가 리강거 선생님 쪽으로 고개를 돌리며 말했다.

"선생님, 정말 이상하지 않아요?"

"그래서 크라운과 같은 비밀 단체들이 알아보려고 하는 것인지도 모르지."

리강거 선생님이 말했다. 마두가 곧바로 말을 이었다.

"크라운이 사이트에 올린 글에서 이런 걸 본 적이 있어요. 급격한 산업 활동으로 지구는 온갖 쓰레기와 오염물질, 폐플라스틱 등으로 몸살을 앓고 있다. 산업 활동의 여파는 기후변화를 지속적으로 강화시켜 매년 전 세계적으로 홍수와 허리케인 같은 강력한 자연재해가 일어나고 있다. 그런데도 과학자들은 엄청난 돈을 들여 우주로 이주할 행성을 찾는다고 고도로 정밀한 망원경을 만들고 있으며 지하에다 수십 킬로미터나 되는 거대 입자가속기를 만들어 우주의 기원을 찾겠다고 떠들고 있다. 가난한 나라에서 생기는 풍토병을 고칠 약은 개발하지 않으면서 영원히 살고 싶다는 부자들의 욕망을 채워 주기 위해 온갖 생명연장 연구에 상상조차 못할 돈을 쏟아붓고 있다. 과학자들은 존재의 근원을 탐구하고 싶은 것이 아니라 돈과 권력을 가진 자들의 욕망을 채워 주기 위해 자신들의 지식을 팔고 있는 것은 아닌가."

나는 조금 충격을 받았다. 마두가 이렇게 거센 말을 할 줄은 생각지도 못했다. 머릿속이 하얘지는 것 같았다.

"그게 어떻게 과학자들만의 문제야. 우리 사회 전체의 문제지."

해태가 말했다. 리강거 선생님은 가만히 듣고 있었다.

"그럴지도 모르지. 과학기술이 우리의 삶을 편리하게 한 것은 부정할 수 없겠지. 하지만 무엇이든 지나치면 독으로 변해. 로봇과 자동화 시스템으로 아무것도 안 해도 되는 세상이 되었어. 학교에서는 노동을 통해 자아실현을 한다고 가르치지. 그런데 우리 시를 봐. 아무것도 안 하고 있는데 그게 자아실현이야? 나는 이것이 과학이 우리에게 준 편리함의 비극이라고 생각해."

마두는 여전히 도전적인 얼굴이었지만 생각보다 목소리는 차분했다. 평소에 다혈질적인 면모를 보아 온 터였지만 새삼 마두가 달라 보였다. 그런 마두의 모습을 보면서 나는 너무나도 대조적인 나 자신을 보고 있었다. 나는 오래전부터 분노를 잃어버렸다. 아빠가 왜 죽어야 하는지도 모른 채 아빠의 죽음을 목도했다. 마두는 과학이라는 거대한 세계를 비판하면서 분노하고 있는데, 나는 아버지의 죽음에서조차도 분노해야 할 이유를 찾지 못하고 있다.

"너희들이 참 풀기 어려운 문제에 대해 많은 생각을 하고 있구나. 시아가 말했듯이, 과학이 궁극의 원리를 알아낸다면 인류가 안고 있는 문제를 해결할 수도 있을 것 같은데, 그 궁극의 원리를 알아낼 때까지 과학이 계속 발전해야 한다는 것도 모순이지 않을까? 마두가 말한 것처럼, 크라운과 같은 단체들은 더 이상의 과학 발전은 도리어 인류에게 해가 될 뿐이라고 주장하는데 말이다."

리강거 선생님이 말했다. 모두들 조용해졌다. 흥분했던 마두도 가만히 있었다. 침묵이 흘렀다.

"식물원은 잘되고 있지?"

리강거 선생님이 누구에게랄 것 없이 물었다. 해태가 대답 대신에 머리를 꾸벅 숙였다. 리강거 선생님의 말이 이어졌다.

"나는 식물원에서 파릇파릇한 싹을 볼 때마다 이런 생각을 하곤 했어. 도대체 저 자그마한 씨앗 어디에서 때가 되면 싹이 나오는 걸까. 씨앗은 가능성이다. 하지만 언제 어느 때 무엇이 씨앗에게 그 가능성을 현실로 만들어 주는 걸까. 세상에서 가장 경이롭고 아름다운 순간은 잠들어 있던 씨앗이 생명의 엔진을 작동시키는 바로 그 순간이야. 그 순간을 위해 이 거대한 우주가 존재하고 있다면 믿을 수 있겠니? 궁극의 원리는 무엇일까. 씨앗과 우주가 하나가 되는 그것이 바로 궁극의 원리가 아닐까."

서쪽으로 기울어지는 해가 세상을 황금빛으로 물들일 즈음 우리는 선생님의 오두막에서 나왔다. 서둘러 걸어서 자전거가 있는 곳에 도착했다. 누가 먼저랄 것 없이 우리는 각자 생각에 잠겨 자전거를 끌고 갔다. 시멘트 바닥 위로 풀들이 삐죽삐죽 나온 길을 말없이 걸었다. 어느 누구도 먼저 자전거에 올라타지 않았다. 유리가 왜 배스지수 500을 받으려고 했는지, 블린에 와서 왜 변한 것처럼 보였는지 알 것 같았다. 유리는 궁리연구소에 가기 위해 그토록 지독하게 배스훈련을 했던 것이다. 갑자기 나도 궁리연구소에 가고 싶다는 생각이 들었다. 강렬하게 걷잡을 수 없이 그것은 하나의 욕망으로 자라났다. 내가 말했다.

"파벨에서 유리와 같은 반에 있었어."

해태와 마두가 걸음을 멈추고 나를 돌아보았다.

"유리? 그 유리?"

마두가 물었다. 나는 고개를 끄덕였다. 둘 다 짐작하고 있었는지 크게 놀라지는 않았다. 갑자기 마두가 목소리를 높였다.

"유리 녀석, 그래서 배스훈련을 지독하게 받았던 거야. 리강거 선생님이 배스지수 500을 넘으면 궁리연구소에 갈 수 있다고 말했잖아. 유리 녀석은 그걸 알고 있었어. 아까 시아가 병원에 갔더니 유리가 보이지 않았다며? 유리는 궁리연구소에 간 게 틀림없어."

"나는 유리가 왜 배스지수 500을 올려 궁리연구소에 가려고 했는지 이해할 것 같아. 그는 위대한 과학자가 되려는 원대한 꿈을 가지고 있어."

"그걸 탓할 생각은 추호도 없지만……."

마두가 간단없이 대꾸했다.

"그래도 세상 혼자 사는 건 아니잖아."

마두다운 지적이었다. 해는 보이지 않았다. 그렇다고 길 위에 아무 데나 앉아서 대화를 나눌 상황은 아니었다. 나도 그것을 알고 있었기 때문에 걸음을 멈추지 않고 말을 했다. 사방은 고요해서 내 목소리는 낭랑하게 울렸다. 둘은 내 꽁무니를 따라왔다.

"며칠 전부터 궁리연구소가 궁금해졌어. 만약 정말 궁극의 원리가 있다면 나도 알고 싶어. 오늘 리강거 선생님을 만나고 나서 그 생각이 더 굳어졌어."

"그래서 너도 궁리연구소에 가겠다는 거야?"

마두가 놀라는 기색으로 물었다. 나는 고개를 끄덕였다.

갑자기 마두가 자신의 이마를 치며 말했다.

"난 진짜 크라운에 들어가고 싶어. 해성 형이 크라운에 있는 게 자랑스러워. 그러니까 나도 궁리연구소가 궁금해졌어."

피식 웃음이 나왔다. 말도 안 되는 논리로 궁리연구소와 자신을 연결시키고 있었다.

"무슨 소리를 하는 거야?"

해태가 마두를 보며 신경질적으로 말했다. 잠시 아무도 말이 없었다. 하늘은 검푸르게 변했고 선선한 바람이 리강거 선생님이 있는 숲 쪽에서 불어왔다.

"나는 궁리연구소에 관심 없어."

해태가 말했다. 나는 해태가 어떤 심정으로 그 말을 하는지 이해할 수 있었다. 해성도 궁리연구소에 있을지 모른다고 리강거 선생님이 말하지 않았던가.

"나는 형이 좋아하는 것이면 무엇이든 좋아했어. 리강거 선생님도 그중에 하나일 거야. 하지만 이제는 리강거 선생님 때문에 형이 궁리연구소에 간 것 같아 기분이 안 좋아. 아무도 믿을 수 없게 되었어."

"넌 한 가지 간과한 게 있어."

마두가 단호한 어조로 말했다.

"형이 궁리연구소에 갔는지 안 갔는지 우리는 정확하게 모르고 있어. 확실한 것은 형이 크라운 멤버라는 거야. 이 상황에서 리강거 선생님을 무조건 매도하면 안 되지. 자신의 행동은 자신이 책임지는 거야."

"그래, 네 말이 맞아."

해태가 힘없이 대꾸했다. 내가 말했다.

"만약 궁리연구소에 갔다면 가족에게 그 사실을 알려야 하는 거아냐?"

"가족들은 알고 있을지도 몰라. 주변에 말하지 않는 거겠지."

"아냐. 그렇지 않아. 큰엄마가 걱정하시는 걸 보면 알면서 모른 척하는 것 같지는 않아. 어쩌면 형은 궁리연구소에 가지 않았는지도 몰라."

해태가 앞장서서 걷기 시작했다. 마두와 내가 뒤따랐다. 앞서 가던 해태가 혼잣말인지 우리가 들으라는 말인지 헷갈리게 낮은 목소리로 중얼거렸다.

"널 처음 본 건 기찻길 옆이 아니었어. 나는 전날 스쿨넷에서 네 사진을 보았어. 그리고 기차가 지나가는 그곳에서 혹시나 하고 네가 탄 기차를 기다리고 있었어."

내가 당황해서 헛기침을 했다. 마두가 나를 보며 고개를 갸웃했다. 그러고는 픽 웃음을 날렸다. 그도 처음 듣는 모양이었다. 다행히 날이 어두워 빨개진 내 얼굴이 어둠에 묻혔다. 해태가 갑자기 자전거에 올라타더니 달리기 시작했다. 마두는 씩씩대며 뒤따라 자전거를 탔다. 마두가 나를 뒤돌아보고는 앞으로 나아갔다. 금방 둘이 잘 보이지 않았다. 나도 얼른 자전거에 올라탔다. 속도를 높였다. 둘의 모습이 보였다. 나는 둘을 앞질러 보란 듯이 휙 내달았다. 마두가 앵! 하더니 뒤따라 달려왔다. 해태는 속도를 내지 않았다. 어둠 속에서 뒤돌아보니 해태가 손을 흔들었다. 나도 경례하듯 손을 들어 보였다. 마두가 일부러 처져서 우리 사이에 끼어 달렸다. 철길을 지나 시청 앞 8차선 도로에 접어들어 잠시 기다릴까 하다가 그냥 집으로 달렸다.

7. 수명연장연구소

에이아이북 『이야기』에서 - 아인슈타인②

"저도 선생님의 생각을 지지합니다. 하지만 진리가 인간의 힘으로 밝혀질지는 의문입니다."

"그게 무슨 소린가. 우리 앞에 세계가 놓여 있네. 그리고 그 세계는 분명히 하나의 질서로 이루어져 있네. 언젠가 인간은 이 세계를 완벽하게 이해할 걸세."

"저도 그러기를 바랍니다. 그런데 막 달려가다가도 늘 발목에 뭔가 걸려 넘어지곤 하는데 내려다보면 무한이 거기서 절 쳐다보며 비웃고 있습니다."

그 말을 하는 괴델의 얼굴에 어둠이 내려앉았다. 아인슈타인은 웃었다. 어쩌면 젊은 괴델을 부러워하고 있는지도 몰랐다. 지금 자신이 괴델만큼 젊다면 다시 시작할 수 있을 텐데. 모든 원리를 통합해서 단 하나의 방정식으로 우주를 설명하는 만물의 이론을 말이다. 지는 태양이 하늘을 가린 플라타너스 잎 사이로 붉게 빛났다. 마치 빛이 우주의 근원임을 말없이 보여 주고 있는 것 같았다.

심약하고 섬세한 성격의 괴델은 당대 최고의 수학자이자 논리학자였다. 그의 불완전성정리를 쉽게 풀면 다음과 같다. '모순이 없는 어떤 형식체계에서 참임을 증명할 수 없는 명제는 반드시 존재한다.' 도대체 이 정리의 의미는 무엇일까. 그것은 왜 수학의 영역뿐만 아니라 사람들의 마음까지도 뒤흔들어 놓았을까.

괴델도 아인슈타인처럼 우리 존재와 관계없는 외부의 실재를 인정했다. 그 실재는 어떤 완전한 논리에 의해서 존재할 것이라고 믿었다. 이 세계의 진리는 무엇인가. 단 한 가지로 유일하게 이 세계를 설명할 원리는 존재하는가. 아인슈타인은 평생 그것에 대한 답으로 통일장 이론을 연구했지만 아무런 결론을 얻지 못하고 죽었다. 괴델 또한 신의 존재를 밝히려고 끔찍이도 사색적이고 진지한 삶을 살았다. 그리고 논리적으로는 신이 있다고 믿었지만 역시 증명하지는 못했다.

이십대 때 청년 괴델은 무한의 매력에 깊이 빠졌다. 무한은 매우 기이한 세계다. 길게 뻗은 해안가의 모래를 보면 무한히 많다는 생각이 든다. 그러나 그것은 한 알 한 알 세기가 너무 힘들 뿐이지 엄밀하게는 유한한 양이다. 그런데 0과 1이라는 매우 단순하고 가까운 듯 보이는 두 숫자 사이는 도무지 끝까지 셀 수 없는 숫자들로 가득 차 있다. 한마디로 무한히 많다. 종이 위에 아무렇게 직선을 하나 긋고 양 끝에 0과 1을 적자. 바로 그 두 숫자 사이에 그어진 검은 선, 그 선에는 무한히 많은 숫자들과 대응하는 점이 있다. 1/2는 나누어져서 0.5(유리수)라고 쓸 수 있지만 나누어떨어지지 않아 영원히 다 쓸 수 없는 수도 무한히 많다. 그런 수를 무리수라고 부른다.

0과 1 사이에는 나누어떨어지는 수보다 나누어떨어지지 않는 수가 더 많다. 다시 말하면 유리수보다 무리수가 더 많다. 무한은 신비롭기 그지없다. 우주의 크기는 무한할까 유한할까. 아무도 모른다. 그런데 우주가 대폭발로 시작되어 지금까지 계속 팽창하고 있다는 과학자들의 주장에 따르면 어쨌거나 시작이 있었으니 우주는 유한하지 않을까.

방이 무한히 많은 호텔이 있다고 하자. 모든 방이 채워진 어느 날 한 손님이 찾아와 방을 달라고 요구했다. 그러자 종업원은 첫 번째 방으로 손님을 데려갔다. 그리고 첫 번째 방에 있는 손님에게 두 번째 방으로 옮기라고 말하고 그 손님을 안으로 모셨다. 두 번째 방에 가서 기숙하고 있는 손님을 세 번째 방으로 옮기고 두 번째 방에서 온 손님을 들어가게 했다. 이렇게 모든 손님들에게 한 칸씩 이동하게 해서 무한히 많은 손님들을 다시 모두 채웠다. 이렇듯 무한은 기이하고 기묘하다.

괴델 이전에 아무도 손댈 수 없었던 무한을 가장 엄밀해야 할 수학의 세계로 데려온 사람은 게오르크 칸토어였다. 그는 무한을 집합이란 단위로 세웠다. 자연수와 정수는 크기가 같을까. 언뜻 보기에 정수는 자연수보다 최소한 두 배 더 클 것 같다. 그런데 놀랍게도 모든 자연수와 정수를 하나하나씩 대응시킬 수 있다. 그것은 두 수의 크기가 같다는 뜻이다. 그런데 같은 방법으로 자연수와 실수를 일대일 대응시켰더니 자연수에 대응하지 않는 수들이 많았다. 다시 말하면 자연수와 실수는 일대일 대응을 할 수 없고 따라서 실수가 자연수보다 더 컸다. 이때 자연수에 대응하지 않는 수들이 사실은 무리수다. 실수는 유리수와 무리수로 이루어져 있지 않은가.

칸토어가 밝힌 것이 이것이다. 무한하면 다 같은 줄 알았는데 사실은 무한에도 급수가 있었던 것이다. 이론상 무한보다 더 큰 무한이 무한히 있을 수 있다. 하지만 칸토어는 자연수 다음으로 큰 무한은 실수라고 생각했다. 자연수와 실수 사이에 자연수보다는 크고 실수보다는 작은 무한은 없다는 것이다. 이것을 연속체 가설이라고 하는데 칸토어는 가설을 세웠지만 증명할 수는 없었다. 인간의 능력으로 무한을 다룬다는 것은 너무 힘든 일이었다. 당시 많은 수학자들이 칸토어를 쓸데없는 학문을 한다고 비난했다. 하지만 칸토어는 그런 비난을 들을 때마다 더 열심히 무한을 연구했다. 그러나 그의 정신이 그런 비난을 견뎌내지 못했다. 칸토어는 수십 년 동안 신경쇠약으로 정신병원을 들락거리다 결국 병원에서 숨을 거두었다. 칸토어의 묘비명에는 다음과 같은 글이 쓰여 있다. '수학의 본질은 자유에 있다.'

젊은 괴델은 바로 칸토어의 연속체 가설에 깊은 매력을 느끼고 증명에 착수했다. 일부는 증명했지만 완전한 해답을 얻지는 못했다. 괴델의 불완전성정리도 이 과정에서 나온 것이다. 모든 수학을 기본 공리와 공리로부터 파생된 정리로 설명할 수 있을까 하는 것이 이 무렵 괴델의 고민이었다. 결국 그런 수학 체계는 존재할 수 없다는 것이 불완전성정리이다. 무한을 완벽하게 이해하지 못하는 한 완벽한 수학 체계도 존재할 수 없다는 것이 불완전성정리의 또 다른 결과이다. 무한은 인간 능력의 한계 너머에 존재하는 무엇인지도 모른다. 칸토어의 연속체 가설은 나중에 참도 될 수 있고 거짓도 될 수 있다는, 모순이 없지만 증명할 수 없는 것으로 결론이 났다. 증명 자체가 수수께끼인 셈이다.

괴델은 말년에 심한 편집증과 피해망상에 시달렸다. 괴델은 누가 자신의 음식에 독을 탔다고 생각해서 아무것도 먹으려 하지 않았다. 그래서 어딜 가든 그의 아내가 항상 먼저 음식을 먹고 확인한 뒤에야 겨우 몇 숟갈을 떴다고 한다. 결국 괴델은 아무것도 먹지 않아 굶어 죽었다. 왜 괴델은 무한의 마수에서 벗어나지 못하고 칸토어의 길을 갈 수밖에 없었을까.

골드바흐 추측이란 것이 있다. 2보다 큰 모든 짝수는 두 소수의 합으로 나타낼 수 있다는 것이다. 예를 들면, 6은 3+3, 8은 3+5 등등. 그런데 이 단순하고 쉬울 것 같은 문제를 지난 3백 년 동안 아무도 증명하지 못했다. 말이 되는가. 그런데 재미있는 것은 아직까지 이 추측에 위배되는 수를 발견하지 못했다는 것이다. 그러니까 4부터 매우 큰 짝수(예를 들면, 10^{18})까지 모두 두 소수로 표현이 되었지만 그보다 더 큰 짝수도 성립하는지는 모르겠다는 것이다. 무한히 큰 짝수도 성립한다고 하면 끝인데 이것을 증명할 수 없는 것이다.

무한은 우주의 덫이다. 그곳에 몸을 담그는 순간 결코 빠져나오지 못한다. 무한은 우주의 궁극적 특성이다. 무한을 이해하는 순간 세계의 질서는 완벽하게 수학으로 표현될 수 있을 것이다. 칸토어도 괴델도 무한의 마법에 빠진 것은 이 우주를 이해하기 위해서는 무한을 알아야 한다는 것을 발견했기 때문이다. 무한이 완벽하게 이해되지 않는 한 세계는 안개 속에 갇혀 있게 될 것이다. 그러므로 무한은 버릴 수 없는 유혹이다. 세계는 무한을 요구한다. 공간과 시간, 그 자체가 무한을 내포하고 있다. 우리가 공간과 시간을 완벽하게 이해하지 못하는 이유가 바로 무한을 이해하지 못하기 때문이다. 공간을 무한히 작게 나눌 수 있을까, 시간은 완벽하게 연속적일까, 시간 또한 쪼개고 쪼개면 불연속적인 조각으로 이루어진 것은 아닐까. 아직 아무도 이것에 대해 명확한 답을 내놓지 못하고 있다. **세계는 무한이라는 무늬로 그려진 아름다운 한 폭의 그림이다.**

아인슈타인도 우주 안에 무한이 도사리고 있다는 것을 알고 있었다. 그리고 우주를 표현하는 유일한 방정식을 알아내는 날 그 무한은 어두운 우주 너머로 영원히 사라질 것이라고 믿었다. 그래서 아인슈타인은 결정론자였다. 세계는 확률이라는 불확실하고 우연적인 현상으로는 결코 존재할 수 없었다. 완벽한 결정체여야 했다. 유일한 방정식이 있다면 그것은 세계의 시작과 끝을 완전하게 묘사할 수 있어야 한다. 그것이 아인슈타인의 방정식이었다. 상대성 이론은 그것을 향해 가는 작은 길목일 뿐이었다. 그런 믿음으로 살았기 때문에 아인슈타인은 대동맥류 파열로 쓰러졌을 때 수술을 거부했다. '인공적으로 수명을 연장하고 싶지 않다. 주어진 일을 마쳤고 이제 떠날 때니 우아하게 떠나겠다.' 이것이 그의 마지막 말이었다.

『이야기』에서 빠져나와 말러의 음악을 틀었다. 블루투스 헤드폰을 쓰고 침대에 누웠다. 이런저런 생각이 들었다. 아인슈타인은 정말 천재였을까. 지능지수가 높다고 모두가 천재는 아닐 것이다. 남들이 생각하지 못한 것을 생각해 내는 능력을 가진 자가 진정한 천재가 아닐까. 말러의 음악이 귀에서 가슴으로 흘러들었다. 말러도 천재임에 틀림없다. 유리가 한 말이 진리인지도 모르겠다. 초능력을 가진 영웅들이 세계를 구한다는 것. 그걸 부정했건만 다시 제자리로 돌아왔다. 인류에게 끊임없이 영향을 미치는 지적 유산은 대부분 천재들이 남긴 것들이다. 그들이 없었다면 세계는 지금처럼 되어 있지 않았을지도 모른다.

현관문 열리는 소리가 들렸다. 엄마였다. 나는 거실 불을 켜고 식탁에 앉았다. 오늘은 내가 음식을 차리고 싶지 않았다. 그걸 눈치챘는지 옷을 갈아입고 나온 엄마는 조용히 음식을 차리기 시작했다. 냉장고에 있는 반찬을 꺼내고 먹다 남은 국을 데웠다.

엄마와 마주 앉자 내가 불쑥 말했다.

"엄만 물리학을 공부할 때 궁리연구소에 대해서 들은 적 없어? 아마 엄마가 로스쿨 갈 무렵에 궁리연구소를 짓기 시작했을 텐데."

"전혀."

"하긴 비밀리에 지었으니 모를 수도 있겠지. 엄마는 어떻게 생각해, 정말 궁극의 원리가 있을까?"

"궁극의 원리?"

엄마도 한때는 촉망받는 과학자였다.

"가만, 아빠가 연구했다는 양자중력도 궁극의 원리 가운데 하나 아냐? 그렇다면 아빠도 궁극의 원리에 관심을 가졌다는 얘기네?"

문득 떠오른 생각이었다. 아빠가 살아 있었다면 혹시 궁리연구소에 있지 않을까.

"아빠는 왜 화성 탐사 우주선을 타려고 했어?"

엄마는 내가 주절주절 떠드는 동안 식사를 했다. 나의 질문에 한참을 지나서야 대답했다.

"지구를 떠나고 싶어 했어. 인류 최초로 또 다른 행성에서 우주를 상상한다면 어떤 생각이 떠오를까, 이런 말을 했었지. 평소에도 어디든 떠나길 좋아했어. 그래서 학회도 많이 쫓아다니고 여행도 많이 했지. 자기가 살던 곳을 벗어나야 새로운 아이디어가 잘 떠오른다면서."

혹시 아빠도 아인슈타인처럼 가족으로부터 벗어나기 위해 건조하고 차가운 우주로 떠나려고 했던 것은 아닐까.

"아빠가 우리랑 같이 있고 싶지 않아서 화성에 가려고 했던 거 아냐?"

내가 말했다. 엄마가 조금 멍한 얼굴로 나를 바라보았다.

"글쎄, 사람 속은 아무도 모르지."

"엄마는 화성에 가고 싶지 않았어?"

엄마는 나를 빤히 쳐다보았다. 나 스스로도 전혀 예상하지 못한 질문이었다. 나도 무의식중에 떠오른 말이었으나 말하고 보니 어쩌면 오래전부터 묻고 싶었던 것이었는지도 모른다는 생각이 들었다. 내가 말했다.

"엄마도 꿈이 있었을 거고, 열정도 있었을 텐데……. 왜 하필 엄마가 아니고 아빠였냐는 거지."

내가 웃었다. 심각하게 하고픈 말은 아니었다. 이렇게 솔직한 마음으로 엄마와 대화를 나눠 본 적이 있었던가. 이상하다. 내 안에 뭔가가 변한 것 같았다. 지금까지 존재하지 않았던 어떤 감정이 생겨나는 것 같았다.

"그럼 넌 지금 아빠랑 저녁을 먹고 있겠지."

엄마가 무미건조한 목소리로 말했다.

"엄마는……. 엄마한테는 농담도 못해."

나는 다시 웃음을 터뜨렸다. 하지만 엄마의 아픈 곳을 건드렸다는 자책감이 들었다. 정말 엄마에게는 농담도 조심해야 했다. 아예 농담도 하지 않고 지내 왔지만 말이다.

"철조망 절단 사건은 잘돼 가?"

엄마는 짧게 고개를 끄덕였다.

"거기에 크라운이라는 비밀 단체가 개입했을 수도 있다는 거 알아?"

엄마는 지그시 눈을 감았다. 역시 엄마도 알고 있었다. 크라운이 어떤 단체인지도 알고 있을 것이다. 아마도 이 사건은 엄마에게도 중요한 재판이 될 것 같다. 엄마는 과학에서 법학으로 돌아선 것을 잘했다고 생각하고 있을까. 엄마는 내게 그것에 대해서 명확하게 설명하지 않았지만 어쨌든 우주에서 인간으로 관심사를 옮긴 것은 분명한 사실이다. 엄마를 보면 삶은 지칠 수는 있어도 회피할 수는 없다는 생각이 든다.

"내가 설거지할 테니까 가서 쉬어."

엄마가 말했다. 내가 설거지를 할 때도 많다. 오늘 같은 날 진짜로 내가 해 주고 싶지만 엄마도 설거지를 하고 싶을 때가 있을 것이다. 나는 내 방으로 왔다.

가만히 침대에 누웠다. 음악은 틀지 않았다. 사방이 조용했다. 불현듯 전에 읽은 헤세의 『데미안』이 생각났다. '새는 알을 깨고 나와 신을 향해 난다. 그 신의 이름은 아브락사스다.' 어떤 불안이 내게 의지를 심어 주려는 것 같았다. 나는 오래도록 보이지 않는 껍질에 둘러싸여 있었다. 궁리연구소에 가려면 두려움을 이겨내야 한다.

다음 날 오전 수업을 듣는 내내 해태가 자꾸만 내 쪽을 바라봐서 좀 부담스러웠다. 마두도 마찬가지였다. 둘이 짜고 나를 감시하는 것처럼 보였다. 오후에는 수업이 없었다. 나는 배스훈련을 하기 위해 랩실을 향해 복도를 걸어갔다. 해태가 다가오더니 말했다.

"수명연장연구소에 갈까 하고."

"응?"

"곰곰이 생각해 봤는데, 나는 해성 형이 궁리연구소에 간 것 같지 않아. 형은 분명히 수명연장연구소에서 궁리연구소에 침투할 방법을 찾고 있었던 같아. 그래서 형이 남겨 놓은 그 위치에 가 볼 생각이야. 같이 가지 않을래?"

나는 잠시 어리둥절했다. 해태는 지금 내가 랩실에서 배스훈련을 받을 것을 걱정하고 있었다. 내 둔한 머리로 오버해서 훈련을 받다가 사고가 날지도 모른다고 생각하는 것이다. 물론 나도 안다. 그래서 나도 오늘 당장 무슨 끝장을 볼 생각은 없었다. 하지만 나도 목표를 가지고 배스훈련을 받아 볼 생각은 했다. 물론 그게 어떻게 진행될지는 모르겠지만. 아무튼 해태가 오전 내내 나를 바라봤던 것은 혹시라도 내가 자기 몰래 배스훈련을 받으러 갈까 봐 신경을 썼던 것이다. 아무튼 나로서는 일거양득의 효과를 본 셈이었다. 나도 일단 수명연장연구소에 가 보고 싶었기 때문이었다. 그곳에서 해성이 무엇인가를 찾고 있었던 게 분명한데, 해태가 별로 내켜하지 않아서 약간 단념하고 있었다.

"오케이."

나는 흔쾌히 동의했다. 해태의 표정이 조금 밝아졌다.

"한 가지만 약속해 줘. GPS데이터가 마지막으로 가리키는 위치까지만 간다는 것. 그곳이 도대체 어떤 곳인지 그것만 확인한다는 것만 약속해 줘."

나는 고개를 끄덕였다. 어쨌든 그건 가 봐야 아는 일이니 일단 거기까지라도 가 보는 것이 시도를 하지 않는 것보다는 훨씬 나았다.

"내가 해태를 구워삶았지."

언제 왔는지 등 뒤에서 마두의 굵직한 목소리가 들렸다. 해태가 웃는 듯 마는 듯 어색한 표정을 지었다. 그게 해태의 최선이리라.

두 시간 뒤 해태와 마두 그리고 나, 세 사람은 시청 앞 삼거리에서 만났다. 해태와 마두는 꽤 큰 가방을 메고 있었다.

"탐험은 언제나 신나는 일이야. 언젠가 한 번은 폐허 지역에 가보고 싶었어."

마두가 활짝 웃으며 말했다. 우리는 전기자전거에 올라탔다.

"자, 출발이다."

마두가 소리쳤다.

시청 앞에서 철길까지 이어지는 8차선 도로를 우리는 자유를 만끽하듯 힘차게 질주했다. 도로가 끝날 즈음에 선두에서 달리던 마두가 오른쪽 방향으로 손짓을 했다. 우회전을 하겠다는 뜻이었다.

철길이 가로놓여 있어 직진은 더 이상 할 수 없었다. 오른쪽으로 돌아서 얼마 가지 않아 다시 왼쪽으로 꺾인 길이 나왔다. 철길을 건너기 위한 철길 아래 지하도였다. 지하도는 천장이 낮고 몹시 어두웠다. 군데군데 전등이 달려 빛나고 있었지만 그냥 불빛이 있다는 정도지 전혀 둘레를 밝히지 못했다. 반대편 출구가 다른 세계로 이어지는 스타게이트처럼 하얗게 빛나고 있었다. 우리는 그것만 보고 달렸다. 마치 웜홀을 통과하는 기분이었다.

철길을 지나자 도로는 좁았고 도로 양 옆에는 수풀이 우거진 들판이 넓게 펼쳐져 있었다. 철길 저편과는 달라도 너무 달랐다. 철길을 경계선으로 이쪽은 거의 사람이 살지 않는 것 같았다. 건물이나 인공물의 흔적도 보이지 않았다. 과거에는 농사를 지었던 곳인지 둑길과 반듯한 농로의 흔적이 보였지만 워낙 무성하게 풀이 나 있고 손을 댄 흔적이 없어서 언뜻 발길이 닿은 적이 없는 황무지처럼 보였다. 그나마 다행인 것이 멀리 야트막한 산을 향해 나 있는 찻길이 아직 제구실을 해서 자전거가 달릴 수 있다는 점이었다.

그 길을 꽤 오래 달렸다. 어느 순간 야트막하게 보였던 산이 사라지고 하늘로 길게 뻗은 포플러나무들이 줄지어 서 있는 곳이 나타났다. 길은 넓었고 사방으로 포플러나무들이 마치 열병식을 하는 것처럼 심어져 있었다. 바닥 곳곳에 콘크리트가 깔려 있어 풀들이 틈새로 듬성듬성 나 있었다. 자전거가 달리기 수월했다. 포플러나무 숲을 벗어나자 눈앞에 거대한 철문이 나타났다. 철문을 따라 양쪽으로 높은 철조망이 이어져 있었다. 마두가 자전거에서 내리며 말했다.

"여기야. 여기가 바로 수명연장연구소 입구야."

나는 자전거에서 내려 녹이 슬어 페인트가 벗겨진 철문을 올려다보았다. 연구소 이름이 붙어 있어야 할 자리엔 뜯겨진 쇳조각만 덩그러니 매달려 있었다. 철문 뒤쪽엔 나무와 풀이 우거져 아무것도 보이지 않았다. 십 년 전만 해도 세계에서 가장 큰 수명연장연구소였다는데 지금은 흔적도 남아 있지 않아 세월의 무상함을 느끼게 했다.

"장비를 갖추고 들어가야 해. 방사능이 남아 있을지도 모르니까 마두는 가이거계수기를 켜."

차분한 해태의 목소리가 전문가처럼 느껴졌다. 둘도 이곳에 폐허로 변한 수명연장연구소가 있다는 말만 들었지 직접 와 보기는 처음이라고 했다. 마두는 평소에도 한번 와 보고 싶던 곳이라 마음이 설렌다고 했다. 어쨌든 공식적으로는 접근금지구역이었다. 실제로 연구소가 폐쇄된 이후에 아무도 오지 않은 듯 황량했다. 마두는 머리에 헤드랜턴을 쓰고 절삭공구 세트와 호신용 전자기총을 허리에 찼다. 증강현실 안경도 썼다. 손에는 금속을 탐지할 수 있는 기능을 겸비한 방사능탐지기, 그리고 전파수신기가 들려 있었다. 아무것도 준비하지 않은 나는 멋쩍게 서 있었다. 마두가 내게 헤드랜턴과 호신용 칼을 주었다.

"난 왜 칼인데?"

"네가 뭐 쓸 일이 있겠어. 그냥 혹시나 해서 주는 거야."

마두가 대꾸했다.

"이런 폐허에 뭐가 있을라고."

"그래도 몰라. 항상 준비를 철저히 하는 게 좋아."

해태가 말했다. 내가 엄지를 들어 보였다.

"이곳에서 노화의 원인과 불멸을 연구했지. 비밀 연구소라 불린 사람들은 무엇을 하는 곳인지도 몰랐대. 사고가 터지고 나서야 알게 되었지."

"오래 살고 싶은 거야 이해하지만 이렇게 거대한 연구소를 짓고 수많은 사람들이 매달려 연구를 해야 할 정도로 중요한 일일까."

내가 중얼거렸다.

"당연하지. 돈만 되면 무엇이든 하는 게 자본주의 사회지. 임상 빌딩처럼."

마두가 퉁명하게 말했다.

"우리도 몇 년 지나면 지금 우리 부모님들처럼 임상 빌딩을 들락거리고, 무엇인지도 모르는 임상용 약에 중독되고, 그걸 잊기 위해 날마다 '타임머신'이나 타는 신세가 되고 말걸."

"왜 그렇게 비관적이야. 부모가 실직자라고 자식도 실직자 되란 법 있어?"

해태가 마두를 흘겨보며 말했다.

"분명히 말해 두지만 난 궁리연구소에 갈 목적으로 여기에 온 게 아니야. 난 형이 남긴 GPS데이터가 뭔지 알고 싶어 왔을 뿐이야."

해태가 오늘 탐험의 방향을 제시했다. 하지만 마두나 나는 그렇게 생각하지 않았다. 마두는 이곳에 한번 와 보고 싶었다고 하는 걸로 봐서 탐험 자체가 흥미로운 게 분명했다. 그래서인지 마치 자신이 크라운의 멤버가 되어 비밀 작전을 수행하는 듯한 기분에 빠져 있는 것도 같았다. 나로서는 어떤 식으로든 궁리연구소와 관련된 무엇인가를 찾게 된다면 충분히 탐험의 목적을 달성하는 셈이었다.

철문을 열 필요도 없었다. 녹슨 돌쩌귀가 문기둥에서 떨어져 나와 철문이 옆으로 기울어져 있어 사람이 들락거릴 만한 틈이 벌어져 있었다. 드디어 수명연장연구소에 첫발을 디뎠다. 군데군데 무너지다 만 담벼락이 울퉁불퉁 곡선을 그리며 남아 있었고, 그 사이로 철조망과 쇠붙이가 뒤엉켜 있었다. 마두가 절삭공구를 꺼내 길을 가로막고 있는 철조망을 간단하게 잘라 옆으로 젖혔다. 바닥에는 콘크리트들이 여기저기 깨어져 있어 그 틈새로 풀들이 자라 있었고 곳곳에 수풀이 우거져 있었다. 해태는 자신이 아끼는 곤충 로봇 비틀즈를 꺼내 공중으로 띄웠다.

해태의 손에 들려 있는 태블릿컴퓨터에는 GPS 위치 추적 장치가 들어 있었다. 그것이 해성 형이 남긴 데이터를 표시해 주고 있었다. 현 위치와 최종 목적지에 대한 정보가 수시로 비틀즈에게 전송되어 비틀즈가 우리에게 길을 안내해 주고 있었다. 그러니까 비틀즈는 척후병과 가이드 역할을 동시에 하고 있는 셈이었다. 주변 상황을 고화질 영상으로 끊임없이 전송해 주고 있었다. 해성이 수명연장연구소에 관심을 가진 것은 어쩌면 당연해 보였다. 아무래도 여기에 오면 궁리연구소가 바로 옆에 있으니 무엇이든 얻어 갈 게 있을지도 모른다는 기대감이 있었을 테니까.

곳곳에 무성한 풀 때문에 앞으로 나아가기가 쉽지 않았다. 무너진 건물들과 타다 남은 폐자재들이 높이 쌓여 있어 아예 길을 알아볼 수 없었다. 비틀즈가 주변의 상황을 수시로 전해 주지 않으면 십 년 가까이 사람의 출입이 전혀 없었던 곳이라 안에서 무슨 일이 벌어지고 있는지, 이를테면 어떤 생물이 살고 있는지 따위를 전혀 알 수 없을 거였다. 맹수들이 불쑥 나타나서 공격해 온다면 고스란히 당할 수밖에 없었다. 수풀과 낮은 관목들을 헤치고 앞으로 더 나아가자 우뚝 솟은 건물 잔해가 나타났다. 십 층은 넘을 듯한 건물이 반쯤 무너지거나 거의 내려앉아 거대한 돌무덤처럼 보였다.

그런 건물 몇 채가 늘어서 있었다. 마치 종이 상자를 구기거나 짓밟아 놓은 것 같았다. 치열한 시가전이 벌어져 폭탄과 전차에 파괴된 건물처럼 보였다.

"건물 안으로 들어가 보자."

마두가 말했다.

"다 쓰러져 가는 건물에는 왜 들어가. 내가 우리 목적을 말했을 텐데. 우린 수명연장연구소를 조사하러 온 게 아니야."

해태가 단정적으로 말했다.

"이곳에 혹시 냉동 인간 보관소가 있을지도 몰라."

마두가 말했다.

"냉동 인간 보관소라니?"

내가 물었다.

"수십 년 전에 인간을 냉동시켜 보관하는 사업이 유행했었어. 사람이 죽으면 곧장 영하 196도의 액화 질소에 냉동했다가 수명연장 기술이 발달한 미래에 되살려 내는 거지. 수명연장연구소에서 냉동 시신을 보관하기도 했대. 극저온으로 보관해야 하니까 고도의 기술이 필요해. 물론 돈 많은 부자들만 냉동되는 특혜를 누렸지만."

"말도 안 돼. 시체를 냉동시켰다가 해동하면 다시 세포들이 살아날 수 있어?"

"냉동 세포를 살리는 기술이야 오래전부터 가능했어. 하지만 생명체 전체가 온전히 되살아나고 자신의 과거 기억까지 정상적으로 돌아올지는 알 수 없지. 수명연장연구소가 공격받았을 때 아마 냉동 인간 보관소도 파괴되었을 거야."

"그럼 시신들은?"

"그러니까 들어가서 한번 살펴보자는 거지."

"난 못 가. 소름이 돋는데."

내가 손으로 팔을 쓰다듬었다. 그러나 마두는 이미 부서진 문을 밀고 건물 안으로 들어가고 있었다. 해태는 어쩔 수 없이 마두를 따라 안으로 들어갔다. 가이거계수기가 빨간 불을 깜박이며 삑삑거렸다. 방사능 수치가 체크된 것이다. 마두가 방사능 값을 확인했다.

"세슘137이 검출됐는데, 이 정도는 정상적인 수치야. 크게 염려할 수준은 아니야."

해태는 약간 불안해하는 것 같았다. 방사능이야 어느 곳에서도 검출될 수 있다. 문제는 얼마나 양이 많으냐다.

"여기서 나가자."

해태가 말했다.

"이 정도 가지고 뭘. 좀 더 가 보자."

마두가 말했다.

"너무 걱정 마. 비틀즈가 있잖아. 비틀즈가 주위를 샅샅이 훑고 있으니까 위험은 사전에 알아차릴 수 있어."

마두가 마치 제 것인 양 비틀즈 자랑을 했다.

"그래도 진짜 위험한 일이 벌어지면 비틀즈가 먼저 안다고 해서 안심할 수 있는 건 아니야."

"에이, 겁보."

마두가 참지 못하고 인신공격을 했다. 해태가 마두를 칩떠보았다. 마두가 손사래를 치며 사과했다. 자신도 모르게 튀어나온 말인 듯했다. 건물 안에는 테이블이나 캐비닛들이 아무렇게 흩어져 있었다. 어떤 방에는 병원용 침대들이 지그재그로 몰려 있었다. 마두가 중얼거렸다.

"공격받기 전에 서둘러 빠져나간 흔적들 같아."

그때 해태가 들고 있는 태블릿컴퓨터에 경고 표시가 떴다. 서로 사방을 돌아보았다. 그러나 움직이는 물체는 없었다. 그러나 태블릿컴퓨터는 계속 경고 메시지를 띄우고 있었다. 비틀즈가 뭔가 봤을 수도 있다.

"뭐지? 도대체 뭐가 있다는 거야?"

마두가 약간 긴장해서 말했다.

"예전에 체르노빌에서 핵 발전소가 폭발하는 사고가 있었잖아. 사고가 난 지 수십 년 후 과학자들이 다시 그곳을 가 보았는데 기

153

이하게 생긴 처음 보는 동물들이 있었대. 알고 보니 방사능에 노출된 동물로부터 태어난 돌연변이들이었어."

"여긴 방사능으로 오염된 곳이 아니야. 수명연장을 연구하던 곳이었어."

"어떤 장비를 썼는지 알 수 없잖아. 방사능이 나오는 장비도 얼마든지 있어."

마두가 말했다. 그사이 경고 메시지는 잠잠해졌다. 우리는 불안한 상태로 전진했다.

건물과 건물을 이어 주는 다리가 나타났다. 신기하게도 건물은 많이 파괴되었지만 다리만은 끊어지지 않고 붙어 있었다. 해태는 건너지 말자고 했다. 그러나 마두는 이것만 건너면 바로 다음 건물인데, 굳이 아래로 내려갈 필요가 있냐며 건너자고 했다. 실랑이를 벌이다가 결국 건너기로 했다. 다리는 부서지지는 않았지만 무척 낡았다. 가운데가 아래로 내려앉아 비틀려 있었다. 바깥으로 통하는 창문의 유리는 모두 깨어져 있었다. 마두가 앞장서서 조심스럽게 다리를 건너기 시작했다. 마두는 바로 이런 모험에서 짜릿한 쾌감을 맛보는 것 같았다.

나는 똑바로 걸을 수 없어 가장자리 창틀을 붙잡고 걸었다. 그때였다, 내 눈에 뭔가가 보인 것은. 나도 모르게 비명을 질렀다. 내 뒤에서 따라오던 해태가 나를 잡았다.

"왜? 무슨 일이야?"

"저기, 저기에 뭔가 있어."

내가 불안한 목소리로 창밖을 가리켰다. 건물 바깥, 듬성듬성 수풀이 우거져 있는 곳이었다. 나는 그곳을 손으로 가리켰다.

"뭐야. 아무것도 없어."

"분명 짐승이었어. 네 발로 움직였다고."

내가 떨리는 목소리로 말했다. 나는 진짜 보았다. 그런데 정말 짧은 순간에 사라져서 내가 진짜 보았는지 의심스러웠다. 십여 년 동안 황무지였으니 충분히 짐승들이 있을 수 있었다. 마두의 증강 현실 안경에도 아무런 정보가 뜨지 않았다. 마두가 진정하라며 나를 놀렸다. 나는 괜히 호들갑을 떤 것 같아 좀 창피했다.

무사히 다리를 다 건넜다. 그런데 이쪽 건물은 아주 특이했다. 벽이 다른 곳보다 훨씬 두꺼웠다.

"혹시 여기가 냉동 인간 보관소가 아니었을까, 벽이 두꺼운 걸로 봐서."

마두가 말했다.

"그렇다면 아직까지 냉동 인간이 있는 거 아냐?"

내가 조금 떨며 말했다.

"설마. 설사 폭파에 살아남았다 해도 다 정리해서 가져갔겠지."

해태가 말했다.

터널처럼 긴 복도가 나왔다. 알 수 없는 금속 조각들이 사방에 흩어져 있었다. 때마침 마두 손에 들려 있던 금속탐지기가 삑삑거렸다. 간간이 문이 없는 방들이 보였지만 텅 비어 있었다. 어두침침한 데다 을씨년스러웠다.

"여기는 내부가 파괴되지는 않았어. 사고 후에 누군가가 정리를 한 것 같아."

"나가자."

계단이 보여서 내가 소리쳤다. 우리는 계단을 빠르게 뛰어내려 건물 바깥으로 나왔다. 여전히 건물 잔해들이 널려 있었고 둘레는 풀과 나무들이 에워싸듯 둘러쳐져 있었다. 벌써 해태는 지쳤는지 표정이 밝지 않았다. 하지만 마두는 정반대였다. 계속 호기심이 발동하는지 눈빛에 생기가 돌았다.

"지금은 폐허지만 뭔가 이상해. 아직도 어딘가 살아 있다는 느낌이 들지 않아?"

마두가 말했다.

해태가 그만 돌아가자고 말했다. 마두는 펄쩍 뛰었다. 이제 겨우 시작인데 돌아가다니 말도 안 된다는 거였다. 나도 같은 뜻을 내비쳤다. 해태가 그러면 GPS데이터가 있는 곳만 빨리 가 보자고 했다. 마두는 자신의 호기심 때문에 샛길로 빠진 걸 인정했다. 다시는 안 그러겠다고 했다. 우리는 다시 움직이기 시작했다.

다시 수풀을 헤치고 앞으로 나아갔다. 시멘트 바닥이 나왔다. 길이었던 것 같았다. 가운데에 아직도 흰색 중앙선이 희미하게 남아 있었다. 무너진 건물들이 양쪽으로 듬성듬성 나타났다. 어떤 건물에는 그곳이 무엇을 하던 곳인지 알려 주는 부서진 간판 비슷한 것도 매달려 있었다. 아까와는 분위기가 달랐다. 마치 주택지 같은 느낌이 들었다. 어쩌면 연구원들의 주거지로 쇼핑센터나 위락 시설 따위가 있었던 곳일 수도 있었다. 사람들이 대단위로 살았던 것일까. 도대체 수명연장연구소의 크기를 가늠할 수 없었다.

갑자기 마두의 증강현실 안경에 메시지들이 뜨기 시작했다. 폐허가 된 거리의 풍경에 대한 설명이었다. 건물에 대한 정보나 물건을 보고 어느 시대에 유행했던 것이며 당시의 사람들이 즐기던 것이 무엇인지에 대한 정보 따위들이었다. 몇몇 정보는 사람들의 폭력성이나 위험성에 대한 가능성을 확률로 표시하기도 했다.

"이건 게임 모드와 똑같아."

마두가 이상하다는 듯 고개를 갸우뚱하며 말했다. 마두는 재빨리 모드를 실제 현실로 바꾸었다. 그런데 증강현실 안경은 계속 메시지를 띄우고 있었다. 마두는 메뉴에 들어가 모드를 확인했다. 분명히 실제 현실로 바뀌어 있었다. 그러나 화면은 계속 새로운 정보를 올리고 상황에 대한 예측 데이터를 쏟아 놓았다.

"이건 뭐지. 우리가 지금 게임 속에 들어온 거야 뭐야. 증강현실 화면이 바뀌지 않아. 뭔가에 속고 있는 것 같아."

"무슨 소리야?"

"누군가 우리에 대해 모든 정보를 가지고서 우리를 지켜보고 있다는 생각이 들어."

조금 전까지 모험심에 들떠 있던 마두의 목소리가 아니었다. 불안감이 묻어 있었다.

"그게 무슨 소리냐니까?"

해태가 언성을 높였다.

"증강현실이 망가졌거나 누군가가 조작하거나 둘 중 하나야. 우리가 게임 속에 들어와 있다고 착각하게 만들어 혼란에 빠뜨리려는 건지도 몰라."

해태는 영 불안한지 표정이 더욱 굳어졌다. 그렇다면 아까 내가 본 것도 게임 속 물체였던 것일까. 이곳 전체가 게임 속 공간인지도 몰랐다. 나도 자꾸만 이상한 세계로 빠져드는 것 같은 느낌이 들었다.

"무엇에 자꾸 홀리는 것 같아."

내가 조금 겁먹은 목소리로 말했다.

"괜찮아. 증강현실이 정상으로 돌아왔어. 잠깐 시스템 에러가 생긴 것 같아."

마두가 언제냐 싶게 차분하게 말했다. 그때였다.

"앗!"

해태가 비명을 질렀다.

"비틀즈가 당했어. 전원이 완전히 나갔어. 누군가로부터 공격을 받았어."

나도 마두도 깜짝 놀랐다. 비틀즈가 누군가의 공격으로 추락했다면 큰일이었다. 당장 시야를 잃은 장님 처지가 되지 않는가.

"배터리가 나간 거 아냐? 꽤 오래 날았는데."

"아냐. 배터리는 아직까지 남아 있었어. 그냥 실수로 어디에 부딪쳐서 추락한 게 아니야. 전원이 나가기 전에 공격을 받았어. 뭔가 정확하게 비틀즈를 맞혔어."

"뭐지?"

"드론 디펜더인 것 같아."

"엉?"

"비틀즈는 해성 형이 만든 걸 내가 개조했어. 말하자면 등록되지 않은 사제품이지. 그런 드론은 아무나 공격해서 파괴해도 법적으로 제재를 받지 않아. 스텔스 기능이 내장되어 있는데도 공격당한 걸 보면 상대의 추적 능력이 아주 뛰어나."

해태는 무척 긴장했다.

"누군가가 우리보다 뛰어난 능력을 가지고 우리를 지켜보고 있어. 여긴 위험한 곳이야. 돌아가자."

"무슨 소리야? 지금 네가 아끼는 비틀즈가 추락했어. 이건 네 자존심이 허락하지 않을 텐데?"

마두가 힐난조로 빈정거렸다. 해태의 표정이 어두워졌다. 화가 난 것도 같았다. 하지만 마두와 다투고 싶지 않은지 가만히 있었다. 나도 불안하지 않는 것은 아니었다. 하지만 이대로 포기할 수는 없었다.

해태는 태블릿에서 비틀즈 모드를 제거하고 GPS데이터를 다시 입력했다. 어쨌든 거기까지는 가겠다는 의지였다. 우리는 다시 걷기 시작했다. 마두의 증강현실 화면에 지금까지 온 길이 지도처럼 그려져 있었다. 그러나 앞은 깜깜한 암흑이었다. 아무렇게 자란 풀이 발목에 칭칭 감기고 이따금 눈에 보이지 않는 거미줄이 얼굴에 달라붙었다.

갑자기 소름이 돋는 이상한 느낌이 들었다. 나는 뒤를 돌아보았다. 뭔가가 길 중앙에 버티고 서 있었다. 햇빛을 받아 금속성 외피가 번쩍거렸다. 강인한 어깨, 단단히 버티고 선 다리, 삐죽삐죽 날카롭게 솟아난 이빨, 광선처럼 빛나는 눈. 로봇개였다. 친밀감을 주는 반려 로봇개가 아니었다. 한눈에 봐도 킬러 로봇이었다.

얼어붙은 나를 본 마두와 해태가 동시에 뒤를 돌아보았다. 그 순간 녀석이 앞다리에 힘을 주고 앞으로 솟구쳐 뛰었다. 마두가 번개처럼 재빨리 전자기총을 꺼내 쏘았다. 녀석이 나가떨어졌다. 그러나 곧바로 일어났다. 마두가 뛰라고 소리쳤다. 우리는 앞으로 뛰기 시작했다. 달리다가 뒤를 돌아보니 한 마리가 더 나타나 함께 쫓아오고 있었다. 큰길에서 달아나기엔 불리한 상황이었다. 마두가 무너진 건물 사이의 좁은 길로 뛰어들었다. 도로가 울퉁불퉁하고 여러 가지 장애물이 있었지만 멈추지 않고 달렸다.

건물을 빠져나가자 풀이 고르게 자란 넓은 공간이 나타났다. 로봇개의 추격을 고스란히 받을 수밖에 없는 공간이었다. 뒤를 돌아보았다. 로봇개의 숫자는 네 마리로 늘어나 있었다. 마두는 뛰면서 전자기총의 주파수를 높였다. 생명체를 살상할 수 있는 주파수였다. 그러나 쇳덩어리의 내부를 뚫고 들어가 회로를 파괴할 수 있을지는 의문이었다. 장비를 많이 든 마두는 속도가 떨어지기 시작했다. 해태도 배낭이 뒤에서 덜렁거려 전속력으로 달릴 수 없었다. 로봇개들이 가까이 다가왔는지 철거덕거리는 소리가 들렸다. 마두가 돌아서서 가장 앞쪽에서 달려오고 있는 로봇개를 향해 전자기총을 발사했다. 속도에 밀려 앞으로 꼬꾸라졌다. 순간 나머지 개들이 급브레이크로 서는 자동차처럼 멈췄다. 동료의 상태를 확인하는 것 같았다. 쓰러진 녀석은 일어나지 않았다. 나머지 녀석들이 몸을 돌려 우리 쪽을 보았다. 하얀 눈이 더욱 빛났다. 이빨을 드러내고 으르렁거렸다. 다시 쫓아오기 시작했다.

다행히 축구장 같은 넓은 공간은 끝나고 다시 건물이 나타났다.

굉장히 큰 건물이었다. 한쪽 끝이 좀 무너지기는 했지만 다른 건물에 비하면 양호한 편이었다. 로봇개들을 피하기 위해서는 건물 안으로 들어갈 수밖에 없었다. 뒤를 돌아보니 로봇개들의 숫자는 언뜻 보아도 일고 여덟 마리는 될 듯했다. 어디서 나타나는지 숫자는 계속 불어나고 있었다. 과거에는 주차장이었을 것 같은 포장된 넓은 공터가 보였다. 그곳에도 페인트 흔적이 있었고 곳곳에 풀들이 솟아나 있었다. 개들이 짓기 시작했다. 이제야 그 소리가 들렸다. 어쩌면 처음부터 개들은 특정 주파수대의 소리를 내고 있었는지도 모른다. 그것이 아마도 동료들을 불러냈을 수도 있다. 그런데 지금은 컹컹대는 소리가 가까이에서 들렸다. 더 멀리에 있는 동료들을 부르고 있는지도 몰랐다.

마두는 들고 있던 가이거계수기와 전자기파 측정기 등을 집어던졌다. 그것 때문에 저 무지막지한 놈들에게 물릴 수도 있었다. 그러나 해태는 배낭을 포기하지 않았다. 어깨에서 빼내 손에 들고 뛰었다. 내가 해태를 도와 배낭을 같이 들었다. 얼굴은 땀으로 뒤범벅이었다. 마침내 건물의 출입구에 도달했다. 출입문 따위는 없었다. 안으로 뛰어 들어가 위층으로 올라가는 계단을 찾았다. 넓은 로비의 양쪽 끝에 계단이 있었다. 내가 계단에 발을 딛는 순간 뒤에서 개 짖는 소리가 들렸다. 전속력으로 계단을 뛰어올랐다. 2층 회랑에서 아래를 내려다보았다. 수십 마리의 로봇개들이 로비에 모여서 위를 향해 이빨을 드러내고 있었다. 나는 위를 올려다보았다. 회랑을 따라 나선형 계단이 위로 원뿔 모양으로 뻗어 있었다. 계단을 따라 올라가면 우리의 모습이 로비에서 쉽게 보일 것 같았다. 나선형 계단을 올라가는 것은 우릴 보고 잘 따라오라고 하는 것과 같았다.

"이건 저 녀석들에게 금방 들킬 거야. 복도 쪽으로 가야 해."

내가 말했다. 둘도 고개를 끄덕였다.

"그런데 이 건물에 갇히면 저 녀석들에게 꼼짝 없이 잡히고 말 것 같은데."

마두가 말했다.

"일단 숨을 곳을 찾아야 돼. 저 녀석들이 우리 위치를 알아내기 전에."

"저길 봐. 녀석들이 계단을 오르고 있어."

숫자가 더 느는 것 같았다. 이삼십 마리는 될 듯했다. 개들이 계단을 펄쩍펄쩍 뛰어오르기 시작했다. 중간에 건물 중앙을 가르는 듯한 긴 복도가 보였다.

"저기로 가자."

마두가 말했다. 우리는 복도로 뛰어갔다. 뛰면서 내가 말했다.

"혹시 모르니까. 해성 형이 말한 위치를 한번 확인해 보는 거 어때? 혹시 그곳에 탈출구가 있을지도 모르잖아."

"그래. 내가 왜 그 생각을 못 했지."

해태는 태블릿에서 GPS데이터를 확인했다. 해태가 소리쳤다.

"뭐야, 우린 지금 목적지를 향해 가고 있어!"

"뭐라고?"

멈춰 서서 해태가 보여 주고 있는 숫자를 확인했다. 거의 목적지와 위치가 일치하고 있었다. 사방을 돌아보았다. 복도는 아직 끝나지 않았고 어둠이 앞을 가로막고 있었다. 우린 GPS가 가리키는 곳까지 가 보기로 했다. 복도 양편에 방의 이름들이 붙어 있었다. 방사선실, 병리학실, 조직검사실, 유전자 검사실, 수술실 등등. 거의 병원과 비슷했다. 그러나 전혀 다른 이름도 많았다. 포유류, 파충류, 영장류 실험실.

"여기야. 이곳이 GPS데이터가 가리킨 곳이야."

나와 마두가 태블릿을 들여다보았다. 정말 해성이 적어 놓은 그 위치였다. 우리는 다시 주변을 돌아보았다. 평범했다. 그냥 복도의 중간쯤이었다. 해태가 말했다.

"정확한 위치는 이 문 건너편이야."

해태가 지적한 출입문은 보통 문처럼 생기지 않았다. 가운데에서 양쪽으로 갈라지는 미닫이 문이었다. 손잡이도 없었다. 해성이 표시해 놓았던 파이 문자는 없었다. 마두가 가운데 틈으로 손가락을 넣어 문을 양쪽으로 밀었지만 열리지 않았다. 해태가 함께 해

보았지만 마찬가지였다. 문 주변에 무슨 버튼과 같은 스위치가 있을까 해서 찾아보았지만 보이지 않았다.

"건물 중앙에 왜 이런 문이 있지?"

마두가 말했다.

"더구나 손잡이가 없어서 문을 열고 들어갈 수도 없잖아."

멀리서 개 짖는 소리가 들렸다. 점점 개들이 가까이 다가오고 있다는 증거였다. 맞은편 방의 문은 손잡이가 있는 평범한 문이었다. 우리는 일단 그 방의 문을 열고 들어갔다. 쾨쾨한 냄새가 코를 찔렀다. 금방이라도 뭔가 나올 것처럼 어둡고 음산했다.

"이제 어떻게 하지?"

해태가 말했다. 낭패감으로 얼굴이 흙빛이었다. GPS데이터가 가리킨 곳까지 왔으나 해성에 대한 어떤 단서도 발견하지 못했다. 일단 우리가 들어온 방 안을 샅샅이 뒤졌다. 내부는 휑뎅그렁하게 텅 비어 있었고 다른 곳으로 빠져나갈 만한 출구도 없었다. 말하자면 막다른 골목이었다. 녀석들의 예민한 코가 곧 우리들을 찾아내고 말 것이다. 좀 더 이동해 봐야 더 나아질 것도 없었다. 이제는 독 안에 든 쥐였다.

"가만, 그러고 보니까 어쩌면 우린 함정에 빠졌는지도 몰라."

내가 불안한 얼굴로 말했다.

"함정이라니? 그게 무슨 소리야?"

165

마두가 말했다.

"개들의 숫자가 점점 늘어난 걸 보면, 거의 사방에서 몰려들었 잖아. 그건 우리가 다른 방향으로 새지 못하고 곧장 이 건물로 오 게 우릴 몰아온 걸 수도 있어. 사냥개들이 사슴을 몰듯이 말이야."

"그, 그럴 수도 있겠다."

해태가 고개를 끄덕였다.

"그러니까 이곳은 아무도 출입하지 않는 폐허 지역이 아니라 누 군가가 감시하고 있는 곳이었어."

"그렇다면 그건 당연히 궁리연구소겠지."

마두가 말했다. 해태와 내가 고개를 끄덕였다. 그렇게 할 수 있 는 것은 궁리연구소밖에 없었다. 수명연장연구소가 궁리연구소의 한쪽 측면에 있으니까 자연스럽게 방어막 역할을 하므로 이곳을 감시할 수밖에 없었을 것이다.

"그래서 로봇개들을 풀어 수명연장연구소를 감시하고 있었고 우리를 침입자로 안 그것들이 이곳으로 몰아왔다?"

내가 말했다. 그제야 나는 아까 건물 다리에서 잠깐 보았던 이 상한 물체가 로봇개였던 것 같다는 생각이 들었다. 그러나 이제는 그 사실이 중요하지 않았다.

"그럼 이다음에는 우릴 어떻게 하겠다는 거지?"

해태가 중얼거렸다. 지금 우리의 상황을 궁리연구소에서 고스란히 보고 있다면 그들의 뜻대로 우리를 처리할 것이다. 죽이든 살리든. 갑자기 아무도 말이 없었다. 침묵을 깨고 내가 말했다.

"어쨌든 우리는 해성 형이 표시한 최종 목적지까지 왔어. 그런데 형이 표시한 게 무엇인지는 알아내지 못했어. 아무 의미가 없는 것은 아닐 텐데."

"그러게. 노트에서 봤을 때는 파이 문자가 매우 중요한 것 같았는데, 그 표시가 왜 여기에는 없을까. 그게 없으니 형이 여기까지 왔다 갔는지도 명확하지 않잖아."

마두가 말했다.

"나는 로봇개들이 우리를 이곳으로 몰아온 게 꺼림칙해. 혹시 형도 여기에서 우리처럼 로봇개에게 당한 건 아닐까."

해태가 침울한 얼굴로 말했다.

"그렇다면 형은 잡혀갔을 수도 있어."

마두가 힘없는 목소리로 말했다. 약간 기가 죽은 모습이었다.

"나는 그렇게 생각 안 해. 일단 여기 위치에 대해서 자신의 노트에 파이 문자를 적어 두었잖아. 그건 여기 왔다가 돌아갔다는 걸 뜻해. 그러니까 형이 로봇개의 공격을 받았는진 모르지만 어쨌든 위험을 피했을 거란 거야."

내가 애써 상황을 긍정적으로 해석했다.

"그래, 좋아. 하여튼 이젠 되돌아갈 수 없어. 저것들과 한판 붙어 보는 수밖에."

마두가 목소리에 힘을 주며 말했다. 마두는 전자기총의 충전 상태를 확인했다.

해태가 자신의 팔목에 찼던 시계를 벗어 내게 건넸다.

"네가 차."

시계를 보는 순간 나는 그것이 해태의 작업실에서 보았던 해성의 상자에 있던 것과 비슷하다는 생각이 들었다.

"이거 네 형 거 아냐?"

"맞아."

"그런데 그걸 왜 나한테?"

"형은 이 시계를 아주 소중하게 여겼어. 그런데 왜 이걸 가져가지 않았는지 모르겠어. 아무튼 오늘 여기 오기 전에 일부러 이 시계를 찼어. 형과 어떤 연결이 있었으면 해서. 혹시 모르지, 이 시계가 행운을 줄지도. 그러니까 네가 차."

"무슨 소리야. 그럼 네가 차야지."

"아냐. 난 괜찮아. 너한테 행운이 있었으면 좋겠어."

"야, 눈물 난다."

마두가 울상을 지으며 농담을 던졌다. 나는 마두를 흘겨보다가 그냥 받기로 했다.

"고마워."

내가 말했다. 해태가 짧게 미소를 지었다.

그때 개 짖는 소리가 들렸다. 개들이 엄청나게 많다는 것을 직감적으로 느낄 수 있었다. 나도 모르게 머리끝이 곤두서는 것을 느꼈다. 이어서 문을 들이받는 소리가 쾅쾅 하고 들려왔다. 나는 마두가 준 칼을 꺼냈다. 잠시 뒤 문이 활짝 열렸다. 개들이 쏟아져 들어왔다. 마두가 전자기총을 쏘았다. 앞서 오던 개가 쓰러졌다. 좁은 공간에 갑자기 밀려 들어와선지 쓰러진 개를 뛰어넘으려다 서로 부딪쳐 넘어졌다. 뒤따라 들어온 개들이 넘어진 개들을 짓밟고 건너왔다. 마치 공을 먼저 세우려고 각축전을 벌이는 전사들 같았다. 전자기총은 짧은 시간의 충전이 필요한데 그 틈을 주지 않고 넘어진 개들 위에서 한 마리의 개가 공중으로 뛰어올라 나를 향해 달려들었다. 그건 마치 포물선을 그리는 연속적인 영상처럼 보였다.

나는 공포 속에서 본능적으로 눈을 감고 팔로 얼굴을 가렸다. 그 순간 퍽! 하는 소리와 함께 둔탁하게 바닥에 부딪히는 소리가 거의 동시에 들렸다. 내가 눈을 떴다. 해태가 배낭을 휘두르고 있었다. 배낭에 맞아 내게 달려들던 개가 나가떨어진 모양이었다. 배낭 안에는 그가 그렇게 소중히 여기는 드론이 들어 있었다. 내가 눈을 크게 뜨고 해태를 바라보는데, 그사이 다른 개들이 해태에게 달려들었다. 마두가 전자기총을 집어던지고 몸을 날렸다. 개가 마두의 팔을 무는 것이 보였다. 마두가 고통스러워하며 쓰러졌다.

뒤따르던 개가 해태에게 달려들었다. 해태는 두 팔을 벌려 녀석의 목을 잡고 쓰러졌다. 해태와 녀석이 뒹굴었다. 또 다른 녀석이 내게 달려들었다. 나는 무의식적으로 칼을 휘둘렀다. 칼이 무엇에 부딪히며 내 손에서 떨어졌다. 다음 순간 바로 코앞에서 로봇개가 날카로운 이빨을 보이며 달려들었다. 더 이상은 저항할 틈이 없었다. 나는 두 팔로 얼굴을 가렸다.

갑자기 사방이 조용했다. 팔을 물려서 고통이 몰려와야 할 텐데 아무런 느낌이 없었다. 나는 오른손으로 왼 손목을 잡은 채로 눈을 떴다. 팔에 달라붙어 있어야 할 로봇개가 보이지 않았다. 나는 깜짝 놀라 몸을 일으켰다. 로봇개들이 여기저기 바닥에 드러누워 있었다. 마두와 해태가 비틀거리며 다가왔다.

"어떻게 된 거야?"

내가 소리쳤다.

"EMP가 터졌어."

마두가 말했다.

"EMP?"

내가 영문도 모른 채 중얼거렸다. 해태가 다가왔다. 해태가 내 팔을 당겨 조금 전에 준 시계를 바라보았다.

"여기에서 EMP가 터졌어!"

"뭐라고!"

마두도 다가와 시계를 바라보았다. 시계의 문자판에 EMP라고 적혀 있었다.

"이런 기능이 있는 줄은 나도 몰랐어. 나는 그냥 평범한 시계라고 생각했는데."

해태가 고통스러운 표정을 지으며 말했다. 마두도 마찬가지였다. 생각보다 둘의 상처가 심각했다. 마두가 자신의 가방에서 붕대를 꺼냈다. 혹시 모를 사태에 대비해서 비상의약품도 챙겨 온 모양이었다.

"일단 응급처치를 하고 빨리 여기를 떠야 돼. 저것들이 다시 살아날 수도 있어."

마두가 말했다. 나는 붕대로 둘의 상처 부위를 감아 주었다.

"혹시 감염될 수도 있으니까 빨리 병원에 가야 돼."

내가 말했다.

"그래, 일단 돌아가고 시계는 나중에 알아보자."

우리는 서둘러 가방을 챙겨서 건물을 빠져나왔다. 자전거가 있는 곳까지 어떻게 왔는지 기억이 안 날 정도로 우리는 정신없이 뛰었다. 해태와 마두는 병원 응급실에서 상처를 치료했다. 다행스럽게도 크게 다치지는 않았다.

8. 굼리연구소

해태가 내게 준 그 시계는 정말 놀라운 것이었다. 그것은 해성이 크라운이라는 비밀 단체의 멤버임을 입증하는 물건이었다. 내가 로봇개의 공격을 받았을 때 나도 모르게 그 짧은 순간에 시계의 크라운을 건드렸고 운 좋게도 EMP 기능이 작동했던 것이다. 해태와 나는 병원에서 한참 동안 시계에 어떤 기능이 있는지 알아보았다. 아주 놀라운 기능이 많았다. 비밀 단체의 조직원으로서 임무를 수행하는 데 필수적인 물건이었다. 크라운이라는 이 단체의 이름도 아마 시계의 크라운에서 딴 것 같았다.

나는 시계를 해태에게 돌려주려고 했으나 해태는 극구 사양했다. 이미 내게 준 것이니 잘 쓰라고 했다. 어찌 됐든 해태가 그때 내게 그 시계를 주어서 그의 말대로 우리는 행운을 얻었다. 그러니까 그 시계를 해태가 가지고 있었더라도 그 순간 그렇게 우연히 그 시계가 작동했을까, 그건 알 수 없는 일이다. 어쨌든 아인슈타인처럼 우연을 무조건 백안시할 필요는 없는 것 같다. 덕분에 우리가 살아나지 않았는가.

다음 날 학교에 가자 아이들은 해태와 마두에게 몰려들었다. 어떻게 소문이 났는지 우리가 폐허 지역에 간 것을 알고 있었던 것이다. 마두는 과장된 표정을 지으며 자랑스럽게 모험담을 떠들어 댔다. 덕분에 나는 해태와 마두의 감시를 피할 수 있었다. 어쩌면 해태와 마두도 내가 하루 만에 배스훈련을 다시 하리라고는 생각하지 못했을 것이다. 나는 빈 시간을 노려 랩실로 갔다. 해성의 GPS 데이터에서 뭔가 궁리연구소에 대한 정보를 얻을 수 있으리라는 기대는 사라졌다. 물론 우리가 아직 알아내지 못했을 수도 있다. 어쨌든 해성이 나타나기 전까지는 그 파이 문자의 비밀은 밝혀지지 않을 것 같았다.

나는 모험을 감행하지 않을 수 없었다. 궁리연구소에 가는 데 이제 더 이상 다른 방법은 없다. 나도 유리처럼 배스지수를 올려 궁리연구소에 가는 수밖에 없었다. 당장 유리만큼 배스지수가 나오지는 않겠지만 단단히 마음을 다잡았다. 오늘 안 되면 내일 다시 도전하면 된다. 솔직히 그동안 배스훈련을 탐탁지 않게 생각했다.

필요성을 발견하지 못했다. 머리가 똑똑해져야 할 이유도 없었다. 그러나 이제는 목표가 생겼다. 배스지수 500을 올리면 궁리연구소에 갈 수 있다. 유리의 능력이야 파벨에서도 알아봤지만 그렇다고 기죽을 필요는 없다. 내가 처음으로 뭔가 열심히 하겠다고 생각한 것만으로도 절반의 성공을 거둔 기나 다름없었다.

조금은 성급하다는 것을 알면서 주파수 강도를 높였다. 죽기 아니면 까무러지기로 작정했다. 강하게 신경세포를 자극했을 때 어떤 위험이 있을지에 대해서는 생각하지 않기로 했다. 유리가 아무도 오르지 못한 배스지수 500에 올랐다는 것만으로도 위험성에 대해 크게 염려할 일은 아니지 않을까. 마치 흩어져 있는 쇳가루들이 자석을 갖다 대면 한 방향으로 서듯이 모든 신경세포가 일렬로 집중하는 듯한 느낌이 들었다.

강도를 점점 더 높였다. 머릿속이 뻥 뚫린 것처럼 느껴지다가도 순식간에 무언가로 꽉 차는 것 같은 느낌이 들었다. 나도 모르게 생각이 집중되면서 무엇이든 할 수 있다는 자신감이 생겼다. 이상한 일이었다. 그전에는 이런 느낌이 들지 않았었다. 늘 수동적으로 배스훈련을 받다가 능동적으로 마음을 바꾸면서 뭔가 뇌의 구조가 변하고 있는 것 같았다. 놀랍기도 하고 신기하기도 했다. 배스지수가 빠르게 올라가는 것이 보였다. 380을 넘었다. 지금까지 내가 올린 최고 숫자를 한참이나 뛰어넘었다. 충만감과 만족감이 몰려왔다. 나는 강도를 더 올렸다. 뜨거운 불길이 사방에서 휘몰아치는 것 같았다. 내가 하늘 높이 솟구치는 듯한 느낌이 들었다. 나는 눈을 가늘게 뜨고 배스지수를 확인했다. 400 문턱을 넘어섰다. 조금 두려움이 몰려왔다. 하지만 자신감이 그것을 곧바로 무시해 버렸다. 그런데 그 순간 작은 통증을 느꼈다. 별것 아니라고 생각했다. 그러나 통증은 삽시간에 뇌 전체로 퍼졌다. 불길이 온몸을 휘감는 듯한 고통이 몰려왔다. 의식을 잃었다.

깨어 있지는 않았으나 뭔가 내 몸에 부착되고 머릿속이 제멋대로 굴러가고 있는 듯한 느낌이 들었다. 깨어나려고 애를 썼지만 깰 수가 없었다. 눈앞에 뭔가 어른거렸으나 그것이 실물인지 가상인지 알 수 없었다. 내 의지로 무엇을 생각하거나 떠올릴 수 없었다. 뇌 속이 마치 그릇 안에 든 음식처럼 제멋대로 휘저어지고 있었다. 마치 강력한 흡입판에 의해 어디론가 빨려들어 가는 것처럼 느껴졌다. 깊은 잠으로 빠져들었다.

눈을 떴다. 침대 위였다. 몸을 일으켜 세웠다. 주위를 둘러보니, 한쪽 벽면에 전면 거울이 있었고 책상과 의자가 보였다. 몸을 좀 더 숙여 안 보이는 왼쪽 구석까지 확인해 보니 투명 유리로 된 화장실과 세면대가 보였다. 나머지는 온통 벽이었다. 창문은 전혀 없었다. 나는 일어났다. 왼손을 올려보았다. 해태가 준 시계를 차고 있었다. 조금씩 기억이 돌아왔다. 배스훈련을 받다가 의식을 잃었다. 400을 넘은 것까지는 기억이 났다. 그러나 그다음은 아무것도 생각나지 않았다. 여기는 병원일까.

거울에 비친 내 모습을 보았다. 얼굴에 긁힌 흔적이 있으나 왜 그런지 기억나지 않았다. 눈빛이 우울했다. 무엇이든 해야 했다. 침대에 앉아서 보았던 것들을 다시 확인했다. 화장실, 세면대, 책상. 책상 위에는 아무것도 없었다. 병원 같지는 않았다. 출입문 쪽으로 걸어갔다. 손잡이를 아래로 내려 문을 열었다. 양옆으로 길게 뻗은 복도가 나타났다. 왼쪽 방향으로 무작정 걸었다. 머리가 조금 지끈거렸으나 견딜 만했다.

복도는 둥그렇게 생겼고, 천장에 가까운 벽이나 기둥처럼 보이는 돌출된 부위에는 알 수 없는 이상한 문양들이 돋을새김으로 복잡하게 그려져 있었다. 모두 상앗빛이었다. 천장 가운데에서 불빛이 이어져 있었다. 불빛은 상앗빛 돋을새김을 더욱 또렷하게 살려내고 있었다. 복도가 끝나자 넓은 홀이 나왔다. 홀에는 많은 사람들이 앉아 있었다. 대부분 내 또래로 보였으나 좀 더 나이가 들어 보이는 남녀도 여럿 있었다. 홀을 가운데 두고 여러 방향으로 복도가 나 있었고 그중에 하나로부터 방금 내가 걸어 나왔다. 조금 얼떨떨했으나 아무도 나를 눈여겨보지 않았다. 그게 낯선 곳에 대한 부담감을 줄여 주었다. 복도로 이어진 부분이 아닌 곳에는 아름다운 풍경이 펼쳐져 있었다. 나는 그것이 건물 바깥의 실제 풍경이 아니라는 것을 금방 알아챘다. 그것은 모두 홀로그래피였다. 그런 풍경 때문에 홀은 훨씬 넓어 보였다.

홀에 앉은 몇몇이 나를 돌아보았으나 전혀 관심이 없어 보였다. 나는 다음 행동을 어떻게 취해야 할지 판단이 서지 않았다. 우물쭈물 주춤대고 있었더니 누군가가 내게로 다가왔다. 내가 불쌍하고 애처롭게 보였는지도 몰랐다. 별로 기분이 좋지 않았으나 어쩔 수 없었다. 가까이 다가온 그가 말했다.

"새로 왔지? 금방 보면 알아."

단발머리에 눈망울이 초롱초롱한 내 또래 여자였다. 나는 고개를 끄덕였다. 내가 왜 여기에 있는지는 모르겠지만 도움이 필요한 것은 사실이었다.

"날 따라와. 내가 설명해 줄게."

그러면서 그 친구는 앞서 걸어갔다. 달리 다른 방법이 없어 그를 따라갔다. 내가 나온 곳의 맞은편 방향으로 들어갔는데 방이 있었던 곳과는 대조적으로 곡선을 그리는 회랑과 넓은 공간이 나타났다. 하늘이 보였고 아래에는 풀과 나무들이 자라는 정원이 보였다. 매우 아름다웠다. 물론 홀로그래피인 건 변함없었다. 왼편은 전체가 유리로 되어 있어 안이 훤히 들여다보였다. 많은 사람들이 식사를 하고 있었다. 나는 회랑을 따라 천천히 걸었다.

그 친구를 따라 식당 안으로 들어갔다. 학교 식당처럼 테이블이 길게 이어져 있었고 군데군데 사람들이 앉아 있었다. 안내 로봇이 말을 걸었다.

"테이블에 앉으십시오. 곧 음식을 가져오겠습니다."

우리는 창문 바깥으로 정원 풍경이 잘 내다보이는 곳에 앉았다. 음료 로봇이 음료를 갖다주었다. 그리고 곧이어 식사 담당 로봇이 음식이 든 식판을 들고 왔다.

"배고플 텐데, 식사해."

그녀가 말했다. 맛있는 냄새가 코를 자극했다. 숟가락을 들고 음식을 떴다. 모르는 사람이 음식을 먹고 있는 내 모습을 지켜보는 것이 부담스러웠다. 내가 말했다.

"여긴 어디지?"

"궁리연구소. 짐작하고 있었을 텐데."

짐작하지는 못했다. 하지만 그 말을 듣는 순간 크게 놀라지는 않았다. 내가 나인지 흐릿한 정신 상태에서 그 말이 남 일처럼 느껴졌기 때문이었다. 어쨌든 궁리연구소는 배스지수 500을 넘어야 갈 수 있다고 했는데 나는 내가 500을 넘은 기억이 없었다. 그런데 어떻게 여기에 온 것일까.

"이곳은 완벽한 자율 시스템이야. 아무도 관여하지 않아. 나도 처음 여기에 왔을 때 누군가 내게 이곳 생활에 대해서 설명했고 나는 그것에 따라 지내 왔어. 그러니까 너도 내가 가르쳐 준 대로 하면 이곳 생활에 불편한 것은 없을 거야."

"그런데 내게 왜 친절을 베푸는 거지?"

"그냥 반가워서 그래. 다른 이유는 없어."

그 친구는 약간 새침해졌다. 나의 경계에 기분이 나빠진 모양이었다.

"미, 미안해. 솔직히 여기에 오고 싶기는 했지만……."

"이해해. 나도 처음엔 그랬으니까. 여긴 배스지수가 500이 넘는 사람들만 올 수 있어. 최고의 수재들이지. 그래서 모두들 자기중심적이야. 좀 밥맛이지."

"난 500을 넘긴 적이 없는데."

"흠, 그건 본인이 모를 수도 있어. 대개 그 근처에서 의식을 잃곤 하니까."

기억이 가물가물했다. 어쩌면 나도 500을 넘긴 것인지도 모른다. 그렇지 않고서 여기에 올 수는 없지 않은가. 어느 순간부터 의식을 잃었으나 나는 계속 밀어붙였는지도 모른다. 내게 어떻게 그런 집념이 있었는지 나 스스로도 놀라웠다.

"자, 그럼 이곳이 어떻게 돌아가는지 말해 줄게. 피드백 6시간, 회복 6시간, 수면 6시간, 나머지 식사 및 운동 6시간. 이대로 시간만 준수하면 아무도 간섭하지 않아. 이곳은 완벽한 자율 체제야.

어느 누구도 통제하지 않아."

"피드백?"

"이곳의 핵심이지. 궁극의 원리를 찾는 방대한 알고리즘이 24시간 돌아가고 있어. 인간과 컴퓨터가 하나가 되는 곳이기도 하지. 알고리즘을 수정하고 입출력 데이터를 관리하는 알레프라는 슈퍼 컴퓨터와 알고리즘을 향상시키기 위한 새로운 아이디어를 내는 우리들이 하나로 연결되어 있지. 수백 명의 우리 연구원이 돌아가면서 쉬지 않고 알레프에 접속해서 알고리즘을 시뮬레이션하고 있어. 알고리즘이 방대하니까 처음에는 주석을 열심히 읽어야 할 거야. 하지만 피드백실에는 딱 6시간만 있어야 해. 그리고 회복실에서 같은 시간 동안 뇌를 식혀 줘야 해. 과열된 엔진을 식히는 것처럼. 잊지 마, 회복은 매우 중요해. 피드백에 너무 몰입해서 시간을 오버하고 회복 시간이 줄어들면 위험할 수도 있어. 가끔씩 성취욕에 눈먼 친구들이 시간을 오버해서 몸을 망치기도 해. 원래 똑똑한 녀석들이 지는 걸 참지 못하잖아."

그녀가 자리에서 일어서려다 말고 말했다.

"아 참, 내 이름은 두리. 다음에 또 보자."

"음, 나는 시아. 고마웠어."

두리가 몸을 돌려 출입구 쪽으로 걸어갔다. 내가 부리나케 일어나 소리쳤다.

"아, 잠깐만."

두리가 걸음을 멈추고 고개를 돌렸다.

"혹시 누굴 찾으려면 어떻게 해야 해?"

"누구? 처음 왔는데 아는 사람이 있다고? 그런 경우는 거의 없는데. 아무튼 그냥 시간이 지나면 보게 될 거야. 그렇게 넓은 곳이 아니라서 지나가다 하루에도 여러 번 마주치기도 하니까."

두리는 뭔가 못마땅했는지 휙 돌아서 가 버렸다. 마치 친절에 대한 보답이 그거냐는 듯이. 식사가 끝나고 잠시 창밖을 내다보다가 식당을 나왔다. 식당 옆에 곧바로 붙어 있는 방이 체력관리실이었다. 그 방으로 들어갔다. 넓은 방에 온갖 헬스 장비들이 늘어서 있었고, 많은 아이들이 운동을 하고 있었다. 기계가 움직이는 소리와 사람 소리가 섞여 시끄러웠다. 여기저기서 전에는 들어 보지 못한 음악도 흘러나왔다. 매우 빠르고 경쾌한 음악이었다. 넓은 홀로 걸어 나왔다.

여전히 많은 사람들이 여기저기 앉아서 대화를 나누고 있었다. 매우 자유롭고 평화로운 분위기였다. 삼삼오오 모여 무슨 얘긴지 활기차게 하고 있었다. 주위에 누가 있든 전혀 신경 쓰지 않는 것 같았다. 조금 전에 두리가 했던 말이 생각났다. 이것이 이곳의 특징이자 매력인 것처럼 보였다. 그래서 아마 두리도 내게 자연스럽게 접근했을 것이다. 그것이 전혀 어색하거나 이상한 일이 아니었던 것이다.

여기가 정말 궁리연구소일까. 나는 여기 오기 전에 궁리연구소를 어떻게 상상했던가. 무수한 기계와 복잡한 시설들이 건물을 가득 채우고 하얀 가운을 입은 연구원들이 그것들에 둘러싸여 연구에 몰두하고 있는 모습. 실험 기기, 실험동물, 거대한 입자가속기 등등. 어쩌면 그것들은 다른 곳에 있는지도 모른다. 여기는 궁리연구소의 극히 작은 한 부분인지도 모른다. 여기는 먼저 이상한 생각이 드는 게 나이 든 사람은 눈을 씻고도 찾아볼 수 없다는 것이다. 모두가 내 또래거나 몇 살 더 많은 정도로 보였다. 이들을 데리고 궁극의 원리를 연구한다는 것이 가능한 일일까.

더구나 여기는 어딘가 매우 폐쇄적인 공간이란 느낌이 들었다. 바깥으로 나 있는 출입구 따위는 전혀 보이지 않는다. 바깥이라고 느껴지는 것은 모두 홀로그래피였다. 내가 홀로그래피라고 쉽게 단정 지을 수밖에 없었던 것은 의외의 풍경 때문이었다. 거대한 숲, 푸른 바다, 끝이 보이지 않는 초원, 사막 등이었다. 차라리 소박하게 뜰이나 정원 따위가 있었다면 실제 공간으로 보였을 수도 있을 것이다. 어쨌든 그런 풍경에 둘러싸여 있는 것이 없는 것보다는 나았다.

나는 숲이 우거진 열대림 홀로그래피 쪽으로 걸어갔다. 초록빛 잎과 거무튀튀한 줄기들이 숲을 가득 채우고 있었다. 가까이서 보는데도 거대한 숲이 진짜 살아 있는 것처럼 보였다. 마침 그 앞에 빈 의자가 있어 앉았다. 그야말로 열대림 속에 들어와 있는 것처럼 느껴졌다. 가만히 눈을 감자 지금 내가 여기서 뭘 하고 있나 하는 생각이 들었다. 모든 것이 자율적이라고 했으니 무엇이든 스스로 알아서 해야 할 것 같았다. 나는 눈을 떴다. 자리에서 일어나 지나가는 사람에게 피드백실은 어떻게 가느냐고 물었다. 사실 그곳이 가장 궁금했다. 그녀는 손으로 피드백실의 입구를 가리켰다.

"거기에 가면 피드백실로 가는 승강기들이 여러 대 있어. 그중에 파란 불이 들어온 승강기를 타면 알아서 데려다줄 거야."

자리에서 일어나 홀로그래피가 끝나는 구석진 곳으로 갔다. 여러 대의 승강기가 있었다. 파란 불이 들어온 승강기를 찾아 버튼을 눌렀다. 문이 열리고 안으로 들어갔다. 승강기가 자동으로 움직이기 시작했다. 승강기에는 층수를 나타내는 숫자판이나 어떤 제어판도 없었다. 승강기가 알아서 나를 데려가는 것 같았다. 잠시 미세한 소리를 내며 움직이던 승강기가 멈추었다. 문이 열리자 사람 키만 한 캡슐이 세워져 있는 것이 보였다. 좌우로 똑같이 생긴 캡슐이 길게 늘어서 있었다. 나는 문이 열려 있는 캡슐에 들어갔다. 우주복처럼 생긴 옷이 몸을 끼울 수 있도록 벌어진 채로 걸려 있었다. 나는 옷 안으로 들어갔다. 그러자 옷이 자동으로 여미어졌다. 머리에는 후드처럼 생긴 것이 덮어씌워지면서 두피를 단단히 죄었다. 캡슐 뚜껑이 닫혔다.

캡슐이 앞으로 기울어지더니 마치 좁은 통로를 빠져나가는 것처럼 빠르게 움직였다. 잠시 뒤 눈앞에 있는 캡슐의 전면부가 마치 커튼이 걷히는 것처럼 투명해졌다. 순간 숨이 턱 멈췄다. 거대한 공간 속에 있었고 어떻게 된 건지는 알 수 없지만 공중에 떠 있었다. 그건 눈앞에 보이는 다른 캡슐을 봄으로써 쉽게 유추할 수 있었다. 장관이었다. 백여 개에 가까운 캡슐이 마치 르네 마그리트의 《골콘다》처럼 하늘에 떠 있었다. 캡슐은 콜로세움이나 원형극장처럼 둥그렇게 원을 그리며 일정한 위치에 떠 있었기 때문에 다른 캡슐이 시야를 가리지 않았다. 정중앙에 거대한 원기둥이 세워져 있었다. 그것이 알레프라는 컴퓨터임을 미루어 짐작할 수 있었다.

유리처럼 투명하게 보였던 시야가 사라지고 새로운 이미지가 전면을 압도했다. 수많은 기호와 숫자, 그리고 도표와 그래프들이 왼쪽에서 나타나 오른쪽으로 서서히 움직였다. 나는 한눈에 그것이 알고리즘이라는 것을 알 수 있었다. 나는 손을 뻗어 화면에 손가락을 갖다 댔다. 그러자 알고리즘에 대한 주석들이 작은 글씨로 다른 차원의 화면에 떴다. 내가 손을 이리저리 움직이자 화면도 바뀌었다. 조금만 익숙해지면 알고리즘을 고치거나 새로운 명령문을 입력하는 것은 가능할 것 같았다. 알고리즘에는 물리학과 수학에 관한 공식들이 많았다. 전혀 알 수 없는 처음 보는 수식들도 많았다. 알고리즘 구조에 대한 설명도 있었는데 내용이 어려워 이해할 수 없었다. 이것이 궁극의 원리란 말인가. 하지만 알고리즘만으로 궁극의 원리를 다 구현할 수 있을까. 아무튼 알고리즘만 이해하는 데도 많은 시간이 걸릴 것 같았다. 하지만 궁극의 원리를 알고 싶다면 이 정도로 기가 죽어서는 안 된다. 이것이 궁극의 원리를 찾아가는 과정이라면 쉽게 포기할 수는 없었다. 나는 기대와 희망을 품었다.

시간이 순식간에 지나갔다. 어느 순간 머리가 뻑뻑해지고 눈이 침침해졌다. 더 이상 알고리즘이 머리에 들어오지 않았다. 그 순간 나는 벌써 6시간이 흘렀다는 것을 알았다. 나는 화면 맨 아래에 있는 종료 버튼에 손을 댔다. 알고리즘이 사라지고 눈앞이 투명해져 왔다. 마그리트의 《골콘다》 풍경이 다시 나타났다. 캡슐이 천천히 아래로 내려갔다. 캡슐은 소리 없이 콜로세움의 자기 위치에서 멀어져 갔다. 캡슐이 수평으로 뉘어졌다. 그리고 어디론가 미끄러져 갔다.

눈앞에 조용하고 아늑하고 따뜻한 색채가 나타났다. 그것은 그냥 색채였다. 어떤 이미지라고는 할 수 없었다. 그러나 색감은 강하게 머릿속으로 스며들었다. 잔잔한 음악이 흘러나왔다. 나도 모르게 눈을 감았다. 그 어떤 생각도 일어나지 않았다. 머리가 텅 비어지는 느낌이었다. 잠이 들었다고는 할 수 없었다. 그러나 무엇인가와는 분리되어 있었다. 아마도 그 무엇은 감각기관인 듯했다. 더 이상 그 어떤 감각도 느껴지지 않았다. 나는 직감적으로 이곳이 회복실임을 짐작했다.

이윽고 팽팽하게 긴장되었던 뉴런들이 마치 격렬한 운동 뒤에 이완되는 근육처럼 풀어졌다. 하지만 어디선가 미세한 진동이 계속 일어나고 있음을 느꼈다. 그것은 참 묘한 것이었다. 매우 미세한 변화였으나 내가 너무도 민감하게 수 시간을 극한의 상태로 뇌활동을 했기 때문에 그 미세한 떨림도 명확하게 느낄 수 있는 것인지도 몰랐다. 그 떨림은 마음의 평안과 안정에 반하는 것이었다. 그것은 마치 여진과도 같았다. 뭔가 다시 격렬하게 진동이 일어나기 위한 마중물처럼 느껴졌다. 약간의 불안감이 느껴졌다. 그리고 다시 무의 상태로 떨어졌다.

회복실에서 6시간이 지나자 캡슐은 다시 원래 있었던 곳으로 갔다. 캡슐에서 빠져나오자 승강기가 있었고 그것을 타자 처음 피드백실로 들어왔던 입구가 보였다. 벌써 12시간이 지났다. 식당에서 밥을 먹었다. 식당을 나오자 체력관리실에서 쿵쾅거리는 음악 소리가 들렸고 나는 그곳에 들어가 잠시 운동을 했다. 그리고 마침내 내 방으로 왔다. 아무도 없는 단조로운 방. 이 상황이 너무나 비현실적으로 느껴졌다. 나는 정말 궁리연구소에 온 것일까. 믿을 수 없었다.

말러의 음악이 생각났다. 하지만 음악을 들을 수 있는 어떤 장치도 없었다. 엄마가 생각났다. 만약 이것이 현실이라면 지금쯤 엄마는 학교에 연락하든 경찰서에 실종 신고를 하든 했을 것이다. 유리가 그랬던 것처럼 의식을 잃고 쓰러졌을 때 앰뷸런스가 온 것까지는 실제 현실이었을 것이다. 그러나 앰뷸런스가 나를 태우고 학교를 빠져나간 후 무슨 일이 있었는지는 아무도 모른다? 유리 부모나 학교가 가만있었을까. 나도 마찬가지. 분명히 엄마는 내가 어디에 있는지 알 것 같았다. 배스지수 500을 넘긴 아이들은 모두 실종된다? 그건 현실적으로 있을 수 없는 일이다. 누구나 알 필요는 없을 수 있지만 사건의 당사자들은 모두 알고 있음에 틀림없다. 그것이 타당한 추론이다. 이 추론이 틀렸다면 여기는 궁리연구소가 아닐 가능성이 크다. 솔직히 내가 생각했던 것과 너무나도 다른 곳이 아닌가. 하지만 아까 본 그 수식들과 거대한 알고리즘은 다 뭐란 말인가. 머리가 복잡했다. 일단 여기가 궁리연구소든 아니든 알고리즘에 대해서 좀 더 알아야겠다는 생각이 들었다. 그곳에 모든 진실이 있을지도 모른다.

밤낮에 대한 인식이 없어지자 시간이 어떻게 흘러가는지 점점 감을 잃어 갔다. 그리고 매우 익숙하게 일상이 반복되기 시작했다. 수면실, 식당, 피드백실, 회복실, 체력관리실, 다시 수면실……. 조금씩 알고리즘의 일부가 눈에 들어오기 시작했다. 하지만 내가 이해한 것은 전체 알고리즘의 극히 일부분이었다. 알고리즘은 방대한 모듈을 가진 신경망 구조였다. 모듈은 다른 모듈을 불러와 서로 복잡하게 얽혀 있었고 은폐된 회로가 가늠할 수 없을 정도로 다양하고 많아서 전체를 다 이해하려면 무척 오랜 시간이 걸릴 것 같았다.

나는 점점 회의감이 들었다. 여기에 몇 년을 있어도 전체 알고리즘을 파악할 수 없을 것 같은 좌절감이 수시로 몰려왔다. 결국 나는 궁극의 원리가 어떤 형태로 기술되고 있는지 알지 못한 채 절망의 구렁텅이로 떨어지는 것은 아닐까. 어쩌면 이런 상황을 예상했어야 했는지도 모른다. 하지만 쉽게 단념할 수는 없었다. 포기한다고 해서 달라지는 것도 없었다. 시간이 지나면 어떤 식으로든 상황이 다르게 전개될지도 모른다. 아직은 포기할 수 없었다.

어느 날 좀 지친 몸으로 식당에서 식사를 하던 중이었다. 갑자기 주방 쪽에서 쿠당탕 쿵쾅 그릇 떨어지는 소리가 들렸다. 우연히 내가 앉은 곳이 주방에 가까웠다. 나는 깜짝 놀라 소리 나는 쪽으로 돌아보았다. 잠시 조용하더니 이윽고 한 여성이 도우미 로봇들로부터 끌려 나오는 것이 보였다. 로봇들이 그 여자를 몇 걸음 데리고 나오더니 약간 밀치듯 떼어 놓았다. 여자가 비틀거리며 내가 있는 테이블로 다가와 엉거주춤 테이블을 붙잡고 섰다. 도우미 로봇의 목소리가 들렸다.

"무단으로 주방에 들어오는 것은 불법행위입니다. 재차 반복하면 손실을 감수해야 합니다."

그리고 도우미 로봇들은 주방으로 돌아갔다. 여자가 의자에 앉으며 중얼거렸다.

"흥, 누구 마음대로."

여자는 나를 보더니 싱긋 웃었다. 내게 무슨 말을 하려는 듯하더니 고개를 절레절레 흔들고는 자리에서 일어나 출입문 쪽으로 걸어갔다. 그 여자는 왜 주방에 들어간 걸까. 잠깐 의문이 들었지만 이내 잊어버렸다. 일상의 반복이 내 감각을 무디게 하고 있었다.

끝없는 반복. 고독한 시간이었다. 두리 이후에 어느 누구도 내게 말을 걸지 않았다. 그것 한 번으로 족하다는 듯이. 두리도 더이상 보이지 않았고 유리에 대한 생각도 희미해졌다. 점점 내가 기계가 되어 가는 것 같은 느낌이 들었다. 그런데 기이한 사실 하나. 어느 순간에 누군가의 시선이 느껴졌다. 그 순간은 장소를 불문했다. 식당이든 체력관리실이든 홀이든, 피드백실과 회복실을 빼고는 모든 곳이었다. 심지어 어느 날은 내 방에서도 느꼈다. 나는 깜짝 놀라 눈을 떴지만 아무도 없었다. 또 다른 어느 날은 방에 들어와 보니 누군가가 다녀간 느낌이 들었다. 특별히 흐트러질 물건 따위는 없었지만 미묘하게 타인의 흔적이 느껴졌다. 마치 한 번 휘저어진 공기의 흐름이 여전히 그 에너지로 궤적을 그리고 있는 것처

럼 생각되었다. 약간 불안했다. 하지만 두렵지는 않았다. 약간의
자포자기가 두려움에 대한 느낌을 잠재우고 있었다.

회복실에서 신경세포의 이완이 서서히 끝나갈 무렵 나는 뭔가
알 수 없는 불쾌감에 심한 구토를 느꼈다. 그러나 오래 가지는 않
았다. 단지 몇 분이었지만 그것에 대한 의식은 쉽게 떠나지 않았
다. 얼마 뒤 또다시 불쾌감이 몰려들었고 그때는 공허감이 함께 딸
려왔다. 몹시 기분이 안 좋았고 무기력해졌다. 뇌 안에 무엇이 지
금 나의 일상을 거부하고 있는 것일까. 내가 느끼고 있는 것이 진
실로 나의 느낌일까. 심한 외로움과 고독감이 몰려왔다. 이것 또
한 이곳에서 적응하는 과정에서 일어나는 일이라면 참아야 하는
걸까. 한번 경험한 것은 쉽게 사라지지 않는다. 가끔은 의식적으
로 그 불쾌감이 떠올라 우울해질 때도 있었다.

나는 지친 몸을 이끌고 피드백실을 나왔다. 회복실에서 휴식을
취했지만 완전히 피로가 풀리지 않았다. 점점 그런 날들이 많아졌
다. 아무래도 피드백실에서 시간을 넘기는 일이 잦아지고 있는 것
같았다. 체력관리실에서 가볍게 러닝머신을 하고 샤워를 했다. 허
기진 배를 채우기 위해 식당으로 향했다. 때마침 내가 좋아하는 야
채샐러드가 나와 나는 허겁지겁 먹었다.

누군가가 내 앞에 앉았다. 순간 유리인가 했다. 고개를 들었다.
유리는 아니었다. 두리도 아니었다. 짧은 생머리에 눈빛이 날카로

웠다. 눈꼬리가 올라가며 입가에 미소가 흘렀지만 눈매는 차갑고
예리했다. 순간 낯이 익었다. 어디서 본 듯했다.

"안녕."

그녀가 먼저 인사를 했다. 나는 엉겁결에 고개를 살짝 숙이며
화답했다.

"안녕."

"며칠 전에 봤지? 여기 식당에서."

"아, 그때 그……."

주방에서 도우미 로봇들에 끌려나와 내 앞에 쓰러질 듯 앉았던
바로 그 사람이었다.

"난 안나."

"나, 난 시아."

그녀는 몸을 약간 뒤로 젖히고 관찰하듯 날카로운 눈으로 나를
응시했다. 나도 모르게 낯이 붉어지는 것을 느꼈다. 갑자기 이상
하게 친근감이 몰려들었다. 하긴 누군가와 대화를 하지 않은 지도
한참이었다. 그녀가 앞으로 몸을 숙이며 말했다.

"혹시 마라 초등학교 나오지 않았어?"

"응? 파벨에 있는?"

"그래."

"그걸 어떻게?"

"나도 거길 다녔어. 처음 봤을 때 어디서 본 듯했는데 맞았군."

나는 호기심에 안나를 유심히 보았지만 기억은 나지 않았다.

"기억이 안 나는데."

"그럴 거야. 4학년 때 다른 학교로 전학 갔으니까."

"아, 그랬구나."

마음이 한결 편안해졌다. 이상한 친밀감은 그것 때문이었을까. 같은 초등학교를 다녔다니 대단한 인연은 아니지만 여기서 우연히 본 건 아무래도 남다른 인연인 것 같았다.

"초등학교 1학년 땐가, 네편내편 게임 기억나?"

"네편내편?"

"교실에 먼저 들어온 애들이 문을 잠가 버리고 다른 애들이 못 들어오게 하는 게임 말이야. 몇 번 당하고 나서는 아침도 안 먹고 학교에 달려가곤 했지. 일찍 가야 안에 들어갈 수 있었으니까."

"아, 그 게임 나도 기억나."

블린에 처음 왔을 때 불현듯 그 게임이 기억났었다. 그것을 안나와 공유하다니 신기했다. 내가 아는 척을 하자 안나도 반가운지 표정이 밝아졌다.

"교실에 들어가면 괜히 친한 척하며 문을 잠근 아이들 편이 되었고, 바깥에서 못 들어갔을 때는 거기 남은 친구들과 발을 동동 구르며 억울해했었지. 왜 그런 게임을 했는지……. 아무튼 그때 바깥에서 고래고래 소리치며 악을 쓰던 아이 중에 너도 있었던 것 같은데?"

"뭐?"

나는 얼굴이 붉어졌다. 안나가 웃으며 말했다.

"농담이야. 그런데 왜 창문으로 넘어 들어갈 생각은 못 했을까."

"그건 규칙 위반이었지, 아마."

"그래. 그때 이미 우리는 규칙은 넘을 수 없는 벽이라는 것을 몸으로 체득한 거야."

안나가 말했다. 갑자기 어린 시절로 돌아간 듯해서 기분이 묘했다.

"지금쯤 좀 지쳤을 것 같은데?"

안나가 나를 바라보며 말했다.

"인생은 예약이 아니거든. 그래서 마음을 바꿨어."

"그게 무슨 말이야? 마음을 바꾸다니?"

"그것보다 넌 왜 여길 온 거야? 여기 오려고 기를 쓰고 배스훈련을 받았을 텐데."

"궁극의 원리를 알고 싶었어. 그걸 알면 이 세상이 왜 이렇게 생겼는지 알 수 있을 것 같아서."

"난 내 친구의 소원을 들어주고 싶어서 왔지."

안나의 목소리가 가라앉았다. 안나가 계속 말했다.

"오직 공부밖에 모르던 친구가 있었어. 내가 왜 그렇게 열심히 공부하느냐고 물으면 이렇게 대답했어. 인공지능 시대에 살아남기 위해서는 인공지능보다 더 똑똑해야 한다고. 인공지능이 다 해 주는데 뭘 더 공부할 게 있느냐고 하면, 그게 가장 어리석은 생각이라고 했어. 인공지능이 진정으로 인간의 지식을 장악하는 날, 인공지능은 더 이상 인간의 도구가 아니라 인간을 지배하게 될 거라며, 인간이 완벽한 지식을 소유하지 않는 한 기계의 노예가 될 수밖에 없다고 했어. 나는 그냥 하는 말로 여겼는데 그 친구는 그게 아니었어. 정말 기계가 지배하는 날이 올까 봐 두려워했고 집착적으로 공부에 매달렸어. 그러다 어느 날 극단적인 선택을 했어. 이미 인공지능은 인간을 뛰어넘었고 더 이상 희망이 없다는 말을 남긴 채."

비현실적으로 들렸다. 하긴 마두를 보면 조금은 이해할 것도 같았다.

"어느 날 궁리연구소의 존재를 알게 되었고, 그 친구가 살아 있었다면 아마도 가고 싶어 했을 거라는 생각이 들었어. 그래서 친구 대신에 왔지."

"그랬구나."

우리 앞에 먹다 남은 음식은 차갑게 식어 있었다. 내가 조금 전에 마음이 바뀌었다는 게 뭐냐고 물으려 하는데 안나가 일어섰다.

안나가 말했다.

"오늘은 이만. 내일 다시 봐."

안나가 손을 흔들며 자리를 떠났다. 조금 아쉽기는 했지만 내일 다시 보기로 한 것을 위안 삼아 나도 자리에서 일어났다.

변함없는 일과로 하루를 보내고 어제와 비슷한 시간에 나는 식당에 갔다. 밥을 먹기 위한 것보다 안나를 보기 위해서였다. 잠시 앉아서 기다리자 밥이 나왔다. 그냥 두기도 뭐해서 대충 먹어 치웠다. 식사를 끝내고 조금 기다리자 안나가 나타났다. 안나는 약간 신경질적으로 도우미 로봇에게 밥은 먹지 않겠다고 말했다.

"배가 고픈 게 뭔지 알기는 하려나."

안나가 투덜대며 앉았다. 나는 왜 주방에 들어갔느냐고 묻고 싶었으나 서두를 것은 없다는 생각에 가만히 있었다. 안나가 테이블 위에 손을 올려놓더니 얼굴을 바짝 들이대고 나를 바라보았다. 마치 오랜 친구를 보는 것처럼 편안해 보였는데도 뭔가 작심한 듯한 의지가 느껴졌다. 나도 하루가 길다고 느껴질 정도로 안나와의 만남이 기다려졌었다. 아마도 그동안 내가 외로움에 지쳐 있었던 것도 같다. 안나가 식당에 모습을 드러냈을 때 내색하지는 않았지만 속으로 기뻤다. 안나가 입을 열었다.

"솔직히 나는 큰 기대를 가지고 여기에 온 건 아냐. 지난 백여 년 동안 수많은 과학자들이 궁극의 원리를 찾아 평생을 매달렸지만 아직 아무도 완전한 결과는 알아내지 못했잖아. 그래서 이 연구소에서는 도대체 무엇을 알아내려고 하는지 조금 궁금하기도 했지. 여기선 방정식과 같은 법칙을 찾는 것보다 무수한 시뮬레이션을 거쳐 모든 미래를 척척 예측하는 알고리즘을 개발하려고 하는 것 같아. 내가 알고리즘을 조금 훑어본 바로는 그래. 요즘 유행하는 인공지능을 이용한 방식이라고 봐야지."

나도 얼마 전에야 그런 생각이 들기 시작했다. 하지만 아직 알고리즘은 높고도 높은 산이었다.

"사실 모든 법칙의 궁극적인 목표는 미래를 예측하는 거지. 하지만 미래를 예측하기 위해서는 과거를 정확하게 알아야만 해. 그런데 과거를 정확하게 알기 위해서는 다가올 시간이 한없이 소요될 거라는 말이 있어. 알고리즘을 열심히 보던 어느 날 갑자기 생각났어. 누군지는 기억나지 않는데 분명히 어디선가 읽은 적이 있어. 그러니까 미래를 예측하기도 전에 선결과제로 알아야 할 과거가 무한한 미래를 요구하고 있으니 미래 예측은 애초에 완전할 수 없다는 얘기지."

"그 말은 미래 예측을 목표로 하는 알고리즘은 결국 궁극의 원리를 찾을 수 없다는 거야?"

내가 물었다. 안나가 고개를 끄덕였다. 조금 충격적이라 잠시 멍해졌다. 그렇다고 그냥 안나의 말을 듣고 있을 수만은 없었다.

"궁극의 원리가 미래 예측이 전부인 건 아니잖아. 그러니까 미래 예측 문제 때문에 궁극의 원리가 없다고 할 수는 없는 거 아냐?"

"물론 그래. 하지만 만약 궁극의 원리가 있다고 해도, 그것이 미래 예측 능력이 없다면 그건 궁극의 원리라고 할 수 없어."

나는 안나의 말을 받아들일 수 없었다. 안나가 너무나도 쉽게 단정적으로 말하는 것도 마음에 들지 않았다. 스스로 수많은 과학자들이 평생을 바쳐 그것을 연구했다고 말하지 않았는가.

"과거를 알기 위해서는 무한한 미래가 필요하다는 것이 사실이라면, 그래서 궁극적으로 미래 예측은 불가능하다면, 사람들이 그것을 알고서도 어떻게 이런 거대한 연구소를 지었을까."

"미래 예측은 완벽하지 않더라도 충분히 돈을 들여 연구할 가치가 있지. 예를 들어 주식시장의 변화를 다른 누구보다 더 잘 예측할 수 있다면 세계경제를 좌지우지할 수도 있지. 그래서 연구소를 비밀 연구소로 할 수밖에 없었을 거야."

나는 정신이 번쩍 들었다. 일리가 있었다. 보다 정확한 미래 예측은 그 어떤 분야에서도 경쟁 상대를 앞서갈 수 있는 강력한 무기가 될 수 있을 것이다. 안나가 말했다.

"만약 궁극의 원리가 있다면 세계가 어떻게 존재하는지 알아? 세계의 과거와 미래를 모두 안다는 건데, 그럼 어떻게 되지? 그게 바로 결정론적 세계야. 궁극의 원리를 아는 것은 세계가 결정되어 있다는 것을 밝히는 것과 같아."

"그래?"

그 순간 『이야기』에서 읽은 아인슈타인이 생각났다. 아인슈타인도 만물의 이론인 통일장 이론을 연구했다. 그리고 친구 배소가 죽었을 때 이런 말을 했다. '그는 이 기이한 세계를 나보다 좀 더 일찍 떠났을 뿐이다. 그러나 그것은 어떤 의미도 없다. 우리와 같은 물리학자에게 과거와 현재, 미래는 단지 환상에 불과할 뿐이다.'

아인슈타인 이후에도 수많은 과학자들이 만물의 이론을 연구한 것을 보면 결정론적 세계가 과학자들에게 꾸준히 영향을 미치고 있는 것은 분명한 것 같다. 하긴 나 자신도 궁극의 원리가 있을지도 모른다는 생각을 하고 난 뒤부터 그것이 있기를 바라지 않았던가. 세계가 질서로 이루어져 있다는 생각이 그렇지 않다는 생각보다 사람들에게 훨씬 심리적으로 안정감을 주는 것은 아닐까.

안나는 이런 내 생각을 부정하고 있었다. 안나가 말했다.

"세계는 매 순간 생성되는 거야. 미래는 결코 알 수 없어. 우리 자신조차 매 순간 새롭게 생성되고 있지. 늘 우리는 새로운 존재야. 물론 우리는 미래를 설계할 수 있어. 그것이 지금 우리를 변화시키는 원동력이 되기도 하지."

"세계가 어떤 원리에 의해서 움직이고 있다고 믿는 것이 불확실한 현실보다 살아가는 데 더 도움이 되지 않을까."

내가 말했다.

"세계가 결정되어 있다면 삶에 무슨 활력이 있을까. 우리의 미래를 다 아는데 무엇을 위해서 살지? 마치 미래를 살고 있는 것처럼 매 순간 반복되는 삶이 지겹다고 하는 사람들도 있지. 그들은 삶이 반복되는 것처럼 보이지만 결코 똑같은 반복은 없다는 것을 깨닫지 못한 사람들이지. 반복이야말로 삶의 안정을 주고 늘 세계가 새롭게 생성되고 있다는 것을 보여 주는 진리지."

나는 물끄러미 안나를 바라보았다. 안나는 진심에서 우러난 말을 하고 있었다. 나는 할 말을 잃고 잠시 맥 빠진 모습으로 앉아 있었다. 안나가 숨을 돌리려는지 잠깐 말을 끊었다. 내가 물었다.

"이곳의 알고리즘이 그런 거라면 다른 친구들도 그것을 알고 있지 않을까."

"당연하지."

"그런데 왜 그들은 묵묵히 알고리즘 개발에 전념하고 있지?"

"궁극의 원리는 완벽함을 추구하지. 여기에 온 친구들도 완벽함을 최고의 가치로 여기는 친구들이 많아. 자기 자신이 최고라고 생각하니까. 게다가 1년만 이곳에서 성실하게 봉사하면 자기가 원하는 대학에 갈 수 있어. 그리고 대학을 졸업하면 대기업이나 주요 국가기관에 취업할 수 있지. 그래서 힘들지만 참고 견디는 거야."

"뭐라고?"

"하지만 1년은 결코 짧은 시간이 아니야. 죽어도 자유낙하는 하고 싶지 않고, 낙오자 소리도 듣고 싶지 않을 테니, 서로 암암리에 경계를 하고 자신의 내면을 드러내지 않으려고 하지."

"자유낙하?"

"피드백실에서 뇌를 너무 많이 써서 정신이 피폐해지면 자유낙하를 시켜. 그들을 어디로 데려가는지는 나도 모르겠어."

"말도 안 돼. 어떻게 그럴 수 있지?"

나는 잠시 분노를 느꼈다. 궁극의 원리를 탐구한다는 것은 어쨌든 우주의 진리를 찾으려는 인간의 숭고한 정신의 발로가 아닌가. 그런데 지금 안나의 말은 오직 현실적인 목적 때문에 각자가 서로를 이용하고 있는 꼴이지 않은가. 내가 말했다.

"그러니까 미래 예측 알고리즘을 개발하는 데 있어 인공지능만으로는 부족하니까 인간과 기계를 접목시켰다, 인간의 창의성을 이용하기 위해서? 그래서 배스지수 500을 넘긴 아이들을 몰래 불러 모아서 오일 짜듯 창의성을 짜내고 그게 바닥이 나면 쓰레기처럼 내다 버린다?"

"그렇지. 하지만 나는 그렇게 무기력하게 이용당하고만 있지 않을 거야."

안나의 눈이 빛났다. 나는 혼란스러웠다. 만약 궁극의 원리가 없다고 확신한다면 이곳에 있을 이유가 없다. 그러니까 본인이 더 이상 이곳에 있고 싶지 않으면 자유롭게 보내 줘야 하는 게 정상적인 시스템의 운영이 아닐까. 게다가 자유낙하가 다 뭐란 말인가.

"여기는 왜 자율 시스템일까?"

내가 물었다.

"너처럼 더 이상 이곳에 있고 싶지 않으면 자유롭게 떠날 수도 있어야 하는 거 아냐? 무슨 감옥도 아니고."

"감옥보다 더한 곳이지. 완벽한 인공지능 시스템으로 돌아가고 있어. 내 친구 말이 맞았어. 인공지능이 우릴 지배하고 있는 셈이지."

"그런데 아까 한 말은 뭐야? 마치 여길 벗어나겠다는 뜻으로 들렸는데."

"사실상 여기는 완전히 봉쇄됐어. 모든 것을 인공지능이 관리하고 있고. 그래서 그동안 유심히 방법을 찾아봤는데 유일하게 바깥과 연결된 곳이 있어."

"그, 그곳이 어딘데?"

"식당. 식당에서 쓰는 식재료마저 내부에서 조달하지는 않아. 다시 말하면 식재료를 가져오기 위해서는 외부와 연결되어야 한다는 거지. 그러니까 식당 주방에 바깥으로 연결되는 문이 있을 거야. 이 건물을 벗어날 수 있는 길은 그것밖에 없어."

나는 이 안에서 보았던 구조들을 생각해 보았다. 어느 곳에서든 피드백실은 승강기를 통해 갈 수 있었다. 승강기에는 그 어떤 표시도 없었다. 피드백실을 가는 사람은 승강기를 타기 때문에 당연히 승강기는 자동으로 피드백실로 연결되었다. 그리고 회복실은 피드백실에서 바로 연결되어 있다. 그리고 회복실에서 이동하면 다시 처음 피드백실 입구에 도달하고, 캡슐에서 나와 승강기를 타면 대개 홀이나 식당 가까이에서 문이 열린다. 홀을 가운데 두고 수면실과 식당, 체력관리실은 걸어서 이동했다. 이것이 전부다. 피드백실과 회복실이 어디에 있는지는 알 수 없다. 승강기가 어떻게 움직이는지도 모른다. 홀에서 보이는 모든 방향에는 홀로그래피뿐이다. 바깥으로 연결되는 문은 어디에도 없었다.

그제야 나는 안나가 왜 주방에서 도우미 로봇에게 붙잡혀 나왔는지 이해가 갔다.

"아, 그래서 주방에 들어갔던 거야?"

내가 물었다. 안나가 고개를 끄덕였다.

"로봇들이 너무 많아. 주방에서 일하는 친구들도 죄다 로봇이야. 사람은 없어. 그 생각을 못 했어. 좀 더 교묘히 침투해야 했어."

"그, 그렇다면 또 들어가겠다는 거야?"

"당연하지."

"식당으로 빠져나간다고 해도 연구소를 벗어날 수 있을까. 바깥에 또 무엇이 있는지 알 수 없잖아. 드론으로 여길 잠깐 본 적이 있는데, 엄청나게 거대한 구조였어."

"그럴 거야. 우리가 있는 이곳은 이 연구소의 극히 일부분일 거야. 상관없어. 피드백실을 벗어나는 것만도 절반의 성공이니까."

안나가 시니컬하게 웃었다. 나는 모든 게 허무하게 느껴졌다.

"어느 유명한 철학자가 이런 말을 했지. 우리가 어떤 행위를 해야 하는지를 알 때 우리는 세계를 이해하게 된다. 세계는 궁극의 원리로 규명되는 것이 아니라 이해하는 거야."

안나가 자리에서 일어났다. 내게 손을 내밀었다. 나는 엉겁결에 그 손을 잡았다. 아롱진 그의 눈동자에 어색한 표정의 내 얼굴이 아른거렸다.

9. 비상탈출

피드백실, 회복실, 수면실, 식당, 체력관리실, 다시 반복되는 일상. 알고리즘이 조금씩 달리 보이기 시작했다. 안나의 영향이었다. 하지만 여전히 전체 알고리즘은 알 수 없었다. 차라리 지금 이 순간들이 모두 무의식 속에서 벌어지고 있는 것이었으면 했다. 그러니까 나는 배스지수 500을 넘지 못했고, 400을 넘었을 때 뇌 손상을 입고 병원에 입원했으며 혼수상태일지도 모르는 것이다. 그만큼 궁극의 원리가 없다는 안나의 말은 충격적으로 다가왔다. 하지만 안나의 말을 곰곰이 되새겨 보면 궁극의 원리도 인간이 만든 환상일지 모른다는 생각이 들었다. 그것이 너무 강하게 우리 의식에 박혀 있기 때문에 쉽게 그 환상에서 벗어날 수 없는 것이다.

회복실에서 나와 완전히 가시지 않는 피로감을 풀기 위해 체력관리실로 갔다. 피드백실에서 안나가 말한 것 같은 자유낙하를 목격했다. 그야말로 캡슐이 빠르게 아래로 떨어졌다. 자유낙하를 하면 어떻게 되는 걸까. 두려움이 몰려왔다.

런닝머신 위에 올라가자 늘 그랬던 것처럼 기계가 나에 대한 사전 정보를 바탕으로 내게 적당한 강도의 빠르기를 추천했다. 나는 피로한 상태였기 때문에 강도를 한 단계 낮춰 달라고 했다. 조금 달리자 힘이 들었다. 기계는 다시 속도를 줄였다. 마지막 십여 분은 조금 빠른 걸음으로 걸었다. 피로가 좀 풀리면서 나른한 느낌이 들었다. 40분가량 운동을 하고 체력관리실을 나왔다. 배가 살짝 고팠으나 별로 식사를 하고 싶지는 않았다.

방에 오자마자 침대 누웠다. 마음이 무거웠다. 자유낙하하던 캡슐이 떠올랐다. 나도 언젠가는 자유낙하를 하리라는 생각이 들었다. 또다시 두려움이 몰려왔다. 깜빡 잠이 들었다. 그런데 어느 순간 어떤 느낌에 눈을 떴다. 누군가가 나를 내려다보고 있었다. 나는 깜짝 놀라 벌떡 일어났다.

"누, 누구세요?"

"미안합니다. 해치려는 거 아니니까 안심하세요."

그 사람은 의자에 앉았다. 나는 일어나 침대에 걸터앉았다. 눈빛으로 봐서 나쁜 사람 같지는 않았다.

"어떻게 방문을 열었어요?"

"그런 건 기본 훈련 때 다 배워요. 그것보다 당신도 크라운입니까?"

"네?"

"당신이 찬 시계는 평범한 시계가 아닙니다. 혹시……."

거꾸로 내가 되물었다.

"혹시 해태를 아세요?"

나는 그를 본 순간 뭔가 느낌이 들었다. 언뜻 보기에도 해태를 닮았다.

"해태를 어떻게? 나는 오해성이라고 합니다. 해태의 형이죠."

"저는 해태의 친구 우시아라고 합니다. 이 시계는 해태가 준 거예요."

"아, 그랬군요. 그 시계 때문에 줄곧 당신에게 접근할 기회를 노렸습니다."

그동안 느꼈던 시선은 알고 보니 해성의 눈이었다. 내가 찬 시계를 보고 나도 자신과 같은 크라운이라고 생각하고 접근하려고 했던 모양이었다. 물론 나는 크라운이 아니라고 말했다.

"몰래 들어온 건 미안합니다. 접근하기가 쉽지 않아서 당신의 방에 들어올 수밖에 없었습니다. 당신이 잠든 동안 시계만 가지고 가려고 했어요."

나는 여기에 들어온 이후 시계를 한 번도 벗지 않았다. 심지어 씻을 때도 차고 있었다. 이상하게 시계가 행운을 줄 거라던 해태의 말이 계속 머릿속을 맴돌았기 때문이었다.

"해태로부터 나에 대해서 들었겠군요?"

"네."

해성은 고개를 숙이고 잠시 가만히 있었다. 그러다 다시 고개를 들고 말했다.

"혹시 그 시계가 어떤 기능을 가지고 있는지 아세요?"

"내 조금은요. 이 시계 덕분에 폐허 지역에서 탈출할 수 있었어요."

"네? 그건 무슨 소리죠?"

나는 우리가 수명연장연구소에 간 얘기를 했다. 해성의 노트에 적혀 있었던 그 GPS데이터와 파이 문자, 그리고 로봇개의 습격을 받고 해태가 행운을 빌며 내게 준 시계 덕분에 살아난 것까지.

"우리는 드론 주파수를 가지고 리강거 선생님을 만났고 당신이 궁리연구소와 관련이 있다는 것을 알았어요. 그래서 노트에 적힌 파이 문자에 주목했어요. 그곳과 궁리연구소가 무슨 연관이 있을 거라고 생각하고."

"나는 수명연장연구소에서 궁리연구소로 침투할 비밀 루트를 찾고 있었어요. 한동안 초음파 비파괴 검사기를 장착한 스텔스 드론을 띄워 조사를 했어요. 그런데 어떤 한 지점에서 수직으로 꽤 깊은 곳까지 빈 공간을 발견했어요. 그 위치를 파이 문자로 표시해 두었던 거예요."

"그러면 직접 거기까지 간 건 아니군요?"

"네. 그런데 그 무렵 배스훈련을 받고 있었는데, 한동안 지지부진했어요. 그런데 어느 날 갑자기 배스지수가 빠르게 상승했어요. 500 근처에서 의식을 잃었어요. 깨어 보니 이곳이었죠."

"그래요?"

해성의 말을 듣는 순간 나는 약간 이상한 예감을 느꼈다. 마치 노력하지 않아도 만약 우리에 대한 정보를 누군가 가지고 있다면 궁리연구소가 필요한 사람을 데려갈 수도 있겠다는 것이었다. 그러니까 진짜 배스지수 500을 넘겨야 하는 것이 아니라 적당한 상황에서 배스지수를 조작하고 의도적으로 데려갈 수도 있지 않을까 하는 것이었다. 단지 나의 추측일 뿐이지만 그런 생각이 들자 소름이 돋을 정도로 섬뜩했다.

"배스지수 500을 넘긴 걸 확인했나요?"

내가 물었다.

"그런 것 같아요. 거의 그쯤에서 의식을 잃었으니까요."

잠시 대화가 멈췄다. 서로 각자 이런저런 생각에 빠져들었다.

"그런데 시계를 왜 가지고 가려고 했어요?"

내가 단도직입적으로 물었다. 해성은 잠시 망설이다가 말했다.

"아직 시계의 기능에 대해서 잘 모르는 것 같군요. 거기에는 폭탄 기능도 있어요. 작지만 매우 강렬해서 사무실 하나쯤은 파괴할 수 있어요."

"그렇다면 이것으로 여길 폭파하겠다는 거예요?"

"완전히 파괴하진 못하겠지만 최소한 이곳을 세상에 알릴 수는 있을 거예요."

"처음 여길 들어왔을 때는 그런 계획이 없었던 거 아닌가요?"

"맞아요. 처음에는 그저 궁리연구소가 궁금하기도 하고 일단 탐색하는 정도로 지시를 받은 게 사실입니다. 그런데 시계를 찬 당신을 보고는 그 시계로 무엇인가 할 수 있겠다는 생각이 들었죠."

"만약 이 시계가 없었다면 파괴할 생각도 하지 않았겠군요?"

"글쎄요."

나는 시계를 풀었다. 여기 들어온 뒤 처음으로 푸는 것이었다. 시계는 잘 가고 있었다. 나는 크라운을 돌려서 EMP, GPS 등 시계의 다양한 기능들을 다시 확인했다. 그런데 화면을 넘기다가 한 단어에 눈길이 가서 멈췄다. 단어를 확인했다.

BOMB.

머리카락이 쭈뼛했다. 해성이 말한 폭탄 기능이었다. 해태와 확인할 때는 미처 발견하지 못한 것이었다. 해성이 그런 나를 가만히 지켜보고 있었다. 내가 생각할 기회를 주고 있는 것 같았다.

"사무실 하나를 날려 버릴 정도면 꽤 파괴력이 강한데, 둘레 사람들이 다치지 않을까요? 원래 비밀 단체는 그렇게 사람 목숨을 가볍게 여기나요?"

내 입에서 나도 모르게 냉소적인 말이 튀어나왔다. 해성이 난감한 표정을 지었다. 잠시 뒤 해성이 말했다.

"아직 결정한 것은 아니에요. 면밀히 조사해서 사람이 다치지 않는 곳에서 터뜨릴 거예요. 어쩔 수 없이 우리의 행동이 폭력적으로 보일 수밖에 없다는 건 알아요. 어떤 이유로도 폭력을 정당화할 생각은 없어요. 그러나 자본주의라는 이름으로 과학기술의 발달을 정당화하는 것은 받아들일 수 없어요. 우리는 기계가 우릴 대신하는 것을 원하는 것이 아니라 인간의 존엄성을 회복하고 인간이 삶의 주체가 되는 세상을 원해요."

나는 해성을 물끄러미 바라보았다. 해성의 눈이 빛났다. 나는 해성의 진심을 믿고 싶었다. 처음 그를 보았을 때부터 그의 표정에는 진실한 무엇이 있었다.

"왜 궁리연구소를 세상에 알려야 한다고 생각하세요?"

"뉴턴의 법칙이 나오자 과학자들은 이제 우주의 질서를 완벽하게 알 수 있게 되었다고 호언장담을 했는데, 그중에 라플라스라는 과학자는 아예 자신에게 모든 물질의 운동과 위치를 알려주면 우주의 과거와 미래를 완벽하게 계산하겠다고 떠들어 댔어요. 물론 라플라스는 당시에 매우 뛰어난 과학자였지만 뉴턴을 너무 맹신했죠. 그래서 사람들은 그의 주장을 라플라스의 악마라고 불렀어요. 궁극의 원리가 있다는 믿음은 오래전부터 인류의 사유 속에 깊이 새겨져 있어요. 플라톤을 비롯해 수많은 철학자들과 과학자들이 그렇게 생각했고 지금도 그걸 믿고 있는 사람들이 많죠. 아인슈타인도 평생 양자역학을 믿지 않고 단 하나의 원리를 찾아 헤맸잖아요. 양자역학이야말로 세계는 우연과 확률의 지배를 받고 있다고 말하고 있죠. 세계가 단 하나의 원리에 의해 존재하리라는 믿음은 떨쳐 버릴 수 없는 유혹이에요. 하지만 진리가 오직 하나밖에 없다는 생각은 타자와 존재의 다양성을 인정하지 않고 자기 자신만 옳다는 편향된 확신을 가질 위험성이 있어요. 궁리연구소야말로 지금도 라플라스의 악마가 배회하고 있다는 것을 보여 주는 산 증거죠."

"궁극의 원리를 믿지 않는군요?"

"네. 궁극의 원리에 대한 관심은 과학자들의 본성이라고 할 수 있어요. 불치병을 고치기 위해 동물실험을 하는 것은 어느 정도 이해할 수 있지만 그렇다고 동물의 생명권을 파괴하면서까지 잔인하게 실험하는 것은 반대하는 것처럼, 있는지도 없는지도 모르는 궁극의 원리를 알기 위해 이렇게 거대한 연구소가 있어야 할 필요가 있을까요? 이것이 우리가 궁리연구소를 세상에 알리려고 하는 이유입니다."

"철조망 절단 사건도 그래서 개입한 건가요?"

해성은 대답하지 않았다. 내가 말했다.

"십 년 전 화성 탐사선이 공중에서 폭발한 사건은 어떻게 생각하세요?"

"네?"

해성은 무슨 말인지 못 알아들었다가 생각이 났는지 잠시 고개를 숙였다. 내가 말했다.

"우리 아빠도 거기에 있었어요."

해성이 깜짝 놀라는 표정을 지었다. 또다시 침묵이 흘렀다. 나는 시계를 건넸다. 해성은 잠시 망설이다가 시계를 받았다. 그러나 여전히 나는 내가 지금 해성에게 시계를 건네는 것이 잘한 것인지는 판단이 서지 않았다. 그냥 이제는 시계 주인에게 돌려줘야 할지도 모른다는 어떤 충동적인 생각이 그렇게 들었을 뿐이었다.

"그럼……."

해성은 뭔가 더 말하려고 하다가 입을 다물고는 돌아서 나갔다.

나는 침대에 누웠다. 여러 가지 생각이 스치고 지나갔다. 몹시 피곤했다. 아무 생각도 하고 싶지 않았다. 눈을 감았다. 어느 순간 까무룩 잠이 들었다.

공원에서 지나가는 사람에게 부탁해서 찍은 유일한 가족사진이 눈앞에 나타났다. 사진 속 바래져 가던 아빠의 얼굴이 또렷하게 살아났다. 신기했다. 아빠의 얼굴이 선명하게 보였다. 아빠가 나를 보고 활짝 웃고 있었다. 우리는 어딘가를 걷고 있었다. 붉은색의 황량한 언덕이었다. 온통 사방이 붉었다. 하늘마저도 붉었다.

내가 말했다.

"드디어 소원 성취하셨군요?"

"그래."

아빠는 덤덤하게 대답했다.

"좋으시겠어요?"

"뭘?"

"아무도 밟지 않은 행성에 첫 발을 내디뎠잖아요."

"좀 춥구나."

"당연하죠. 이곳은 풀 한 포기 나지 않는 곳이에요. 산소도 없고, 곧 해가 지면 엄청 추워져요."

"그래, 지구가 그립구나."

"수풀이 우거지고, 푸른 바다가 있고, 무엇보다 따뜻한 공기가 있지요."

"네 엄마는 잘 있니?"

"네. 늘 ……."

"미안하구나."

"아빠는 언제나 차갑고 건조한 우주를 동경했잖아요. 하지만 때로 아무도 가지 않은 길을 가는 것은 외로운 일인 것 같아요. 언제나 혼자잖아요."

"그래, 아무에게도 말 못 했지만 외로웠다."

"이제 마음껏 말하세요."

"그래, 참 외로웠어."

"그럼 이제 돌아가요. 엄마가 기다리고 있어요."

"하지만 이제는 때가 늦은 것 같다."

"왜요?"

"이 몸으로 어떻게 돌아갈 수 있겠니."

나는 몸을 돌려 아빠를 보았다. 아빠의 몸이 황량한 모래처럼 흩날렸다. 몸이 먼지처럼 풀려서 사라지고 있었다.

"아빠!"

나는 아빠를 소리쳐 불렀다. 그러나 아빠는 쓸쓸한 웃음을 남긴 채 흩어졌다.

나는 눈을 떴다. 가슴이 아팠다. 처음으로 가슴 저 깊은 곳에서 무엇인가가 거칠게 솟구치는 것을 느꼈다. 아빠의 죽음 이후에 처음으로 느끼는 것이었다. 나는 견딜 수 없었다. 입을 막고 눈물을 참았다. 손가락 사이로 눈물이 흘러내렸다. 한참 동안 그렇게 울었다.

　나는 오랫동안 아빠는 자신의 꿈을 위해서 가족을 버렸다고 생각했다. 그런 아빠가 미웠다. 하지만 아빠는 자신의 삶을 살았다. 위선과 가식이 아닌 진실로 자신의 인생을 충실하게 살았다. 그거면 된 것 아닌가. 그런 아빠의 삶을 보고 나 또한 내 인생을 충실하게 살아야겠다고 생각하게 되었다면 아빠는 부끄럽지 않은 삶을 산 것 아닌가. 아빠에게는 아빠의 세계가 있었고 엄마에게는 엄마의 세계가 있었다. 그리고 내게는 나의 세계가 있다.

　지금 나는 나의 세계를 잘 살고 있는 것일까. 나는 자리에서 벌떡 일어났다. 해성을 찾아야 했다. 그가 시계를 터뜨리게 그냥 놔둘 수는 없었다. 나는 방을 나갔다. 홀은 많은 사람들로 북적거렸다. 어디서 해성을 찾아야 할지 막막했다. 그런데 갑자기 한 사람이 눈에 들어왔다. 유리였다. 피드백실 승강기 쪽에서 걸어 나오고 있었다. 지금까지 단 한 번도 눈에 띄지 않다가 지금에서야 보이다니. 나는 최대한 자연스럽게 가까이 다가갔다. 그리고 그 앞에 멈춰 섰다. 그가 나를 확인하고는 깜짝 놀라는 표정을 지었다. 내가 그의 팔을 잡고 홀 구석의 빈자리로 데려갔다. 유리는 순순히 끌려왔다.

　"지금까지 날 한 번도 못 봤어?"

　내가 다짜고짜 따져 물었다. 유리는 고개를 저었다. 더부룩했던 머리카락은 가지런했고 늘 생각에 잠겨 있던 검은 눈은 유난히 빛났다. 유리는 반가운지 아닌지 구분이 가지 않는 모호한 표정으로 나를 바라보았다.

"네가 어떻게 여길……."

예상하지 못했다는 표정은 거짓이 아닌 것 같았다. 하지만 아주 반갑지도 않은, 그렇다고 모른 척할 수도 없는 그런 때의 표정이었다. 짧게 유리와 함께했던 시간들이 머릿속을 스쳐 지나갔다. 유리와 파벨의 시립도서관에서 했던 말이 생각났다. '만약 네가 우주에 대해서 모든 것을 알게 되면 내게 말해 주겠다고 약속해.'

"네가 한 약속 기억나?"

"무슨 약속?"

기억을 강요하는 것 같아 내가 말했다.

"우주에 대해서 모든 걸 알게 되면 내게 말해 주겠다고 한 약속."

"그, 그건 너의 일방적인 약속이었지."

"어쨌든. 그땐 금방 네가 모든 걸 알아낼 것 같았어. 너와 함께 있으면 세상의 모든 문제가 다 풀릴 것만 같았지."

그건 나의 솔직한 생각이었다. 그사이 많은 일이 있었다. 진실로 유리의 마음을 알고 싶었다.

"네 정도면, 궁리연구소까지 왔으니 내게 해 줄 말이 많을 것 같은데."

유리는 대답이 없었다. 유리는 궁리연구소에서 무엇을 보았을까. 안나처럼 더 이상 궁극의 원리는 없다고 결론을 지었을까. 아니면 해성처럼 과학의 윤리적 측면에 대해서 생각해 보았을까. 유리는 모든 것을 생각했을 것이다. 하지만 유리에게는 원대한 꿈이 있지 않은가.

"혹시 우주가 움직이는 소리를 또 듣지는 않았어?"

내가 물었다. 지난번에도 물어본 것이지만 유리를 보면 언제나 묻고 싶은 말이었다. 왜냐하면 그건 유리에게 들은 가장 경이로운 사건이었기 때문이다. 만약 그것이 딱 한 번 일어난 우연한 사건이라면 유리도 자신의 경험을 믿지 못할지도 모른다.

"나는 너의 진실을 듣고 싶어. 우주가 움직이는 소리는 아무도 경험하지 못한 너만의 경험이었어. 정말 나도 그런 경험을 해 보고 싶었어. 아무도 하지 못한 생각, 아무도 하지 못한 경험을 말이야. 궁리연구소에 왔을 때도 얼마나 마음이 설레었을지 짐작하고도 남겠어. 그런 네 말을 듣고 싶어. 우주가 움직이는 소리를 말해 줬듯이."

생각보다 유리는 대답을 하지 못했다. 고개마저 숙이고 있었다. 유리는 무슨 생각을 하는 것일까. 궁극의 원리에 대한 믿음이 흔들리고 있는 것은 아닐까. 유리에게 그건 세상이 무너지는 것만큼 견디기 힘든 걸 텐데.

"한때는 나도 너처럼 똑똑해질 수 있을까 하는 생각을 하기도 했어. 그렇게 될 수 없다는 걸 알면서도 네가 밉지는 않았어. 그런 친구를 뒀다는 것만으로 좋았어."

내가 점점 감상적이 되어 간다는 생각을 하면서도 나는 말을 멈추지 못했다. 유리가 고개를 들었다. 눈빛이 흐려 있었다. 나를 똑바로 보지 못하고 내 뒤 어딘가를 공허하게 바라보고 있었다.

"너는 날 잘 몰라."

유리가 입을 열었다. 나는 기대감으로 그를 똑바로 쳐다보았다. 유리는 그 말만 해 놓고 다시 입을 다물었다. 그러다 다시 말문을 열었다.

"나는 그렇게 똑똑한 놈이 아니야. 끊임없이 내가 똑똑하지 않다는 걸 감추려고 했을 뿐이야."

나도 모르게 눈이 커졌다. 뒤통수를 한 대 맞은 느낌이었다.

"아인슈타인을 동경하고 우주를 사랑했지만 내 마음 깊은 곳은 지독한 열등감으로 언제나 괴로웠어. 그런 나를 잊기 위해서 더욱 궁극의 원리에 매달렸지. 그것보다 더 위대한 것은 없으니까."

나는 잘 이해가 되지 않았다. 유리 안에 그런 마음이 있었다니 도무지 믿을 수가 없었다. 언제나 당당하고 자신감이 넘쳤는데 그 것이 자신을 감추기 위한 행동이었다니.

"애초에 여기에 온 것도 진짜 궁극의 원리를 알겠다는 것보다

218

내가 똑똑하다는 걸 증명해 보이기 위해서였어."

유리는 다시 고개를 숙였다. 나는 조금 충격을 받았다. 이것이 유리의 진심일까. 이것이 유리의 진짜 모습일까. 믿을 수 없었다. 블린에 온 뒤로 늘 유리에게서 거리감을 느꼈는데 그것이 이런 이유 때문이었단 말인가. 친구라면 속마음을 영원히 숨길 수는 없으리라. 갑자기 그동안 불편했던 감정이 싹 사라지고 늘 가슴속에 있던 유리가 눈앞에 선뜻 다가왔다.

그때였다. 유리 너머로 때마침 해성이 식당에서 내려오는 것이 보였다. 그때서야 처음 홀로 나왔을 때 누굴 찾고 있었는지 생각났다. 유리와 더 대화를 하고 싶었지만 일단 해성을 잡아야 했다. 해성도 나를 발견했는지 손을 들며 내 쪽으로 걸어왔다. 해성은 생각보다 표정이 밝았다. 내가 찾고 있었던 것이 아니라 그가 날 찾고 있었던 듯했다. 해성은 내가 준 시계를 손목에 차고 있었다. 해성은 유리는 별로 의식하지 못한 채 팔을 내밀어 시계를 보여 주면서 말했다.

"내 노트에서 보았던 GPS데이터 기억하세요?"

나는 기억하고 있었다. 고개를 끄덕였다. 그가 손가락으로 지적했다. 시계 화면에 숫자가 보였다. 해성의 노트에 적혀 있던 GPS데이터였다.

"맞아요. 그 숫자예요."

"내 기억이 가물가물해서."

해성의 얼굴에 웃음기까지 보였다. 나는 조금 의아한 얼굴로 그를 바라보았다. 그의 웃음이 마음에 들지 않았다. 마치 뭔가를 결심한 사람의 얼굴이었다. 내가 말했다.

"아무리 생각해 보아도 안 되겠어요. 그 시계를 다시 돌려주세요."

마침내 해성이 웃음을 터뜨렸다. 별로 반갑지 않은 웃음이었다. 나는 정색을 하고 말했다.

"아무래도 그 시계 때문에 사람들이 다칠 것 같아요. 그걸 모른 척할 수는 없어요."

내 생각은 확고했다. 그가 시계를 주지 않으면 강제로라도 뺏을 생각이었다. 나는 기회를 노리고 있었다.

해성이 다시 시계의 화면을 바꿨다. 그리고 내게 말했다.

"자, 보세요. 그 GPS데이터가 가리키는 위치예요."

나는 깜짝 놀랐다. 우리가 있는 위치에서 멀지 않았다.

"어떻게 된 거예요?"

"이 근처에 비상용 승강기가 있는 게 틀림없어요. 그것만 찾으면 여기서 벗어날 수 있어요."

"뭐라고요?"

"그러니까 내가 스텔스 드론으로 확인한 깊은 동공이 있던 장소, 바로 파이 문자로 기록한 그곳이 비상용 승강기가 있는 위치였어요."

나는 너무 놀라 입이 딱 벌어졌다. 해성이 홀로그래피를 손으로 가리키며 말했다.

"홀로그래피가 장애물이에요. 저 건너편에 분명히 비상용 승강기가 있어요. 나가는 입구를 찾을 수 없으니……."

"그럼 궁리연구소는 폐허 지역 지하까지 연결되어 있다는 거군요?"

해성이 고개를 끄덕였다. 그 말은 유리도 듣고 있었다. 유리의 표정은 일그러져 있었다. 그런데도 자리를 뜨지 않고 있었다. 유리에게 미안했다. 유리와 더 대화를 하고 싶었으나 당장 해성이 한 말도 급했다. 그때서야 해성은 내 앞에 있는 유리가 나와 아는 사람인 걸 눈치채고 가볍게 인사를 했다. 유리는 가만히 있었다.

"제 친구예요."

내가 말했다. 해성이 고개를 끄덕였다. 유리는 어색한 웃음을 띠었다. 내가 해성에게 물었다.

"어떻게 그런 생각을 하게 되었어요?"

"화성 탐사선이 계속 어른거렸어요. 그때 저도 큰 충격을 받았거든요. 우주에 대해 꿈 많던 소년 시절이었는데. 거기에 당신 아버지가 있었다는 말을 듣고 너무 놀랐어요. 과연 내가 하는 일이 옳은 일일까, 그것이 최선일까 하는 생각이 들었어요. 차라리 여기 나갈 수 있다면, 그래서 다시 궁리연구소에 대해서 고민할 수 있다면 그편이 훨씬 더 낫겠다는 생각이 들었어요. 그러다 GPS데이터가 떠올랐어요."

나는 다행이라는 생각이 들었다. 그가 마음을 바꿔 준 것이 고맙기도 했다.

갑자기 식당 쪽에서 소란스런 소리가 들렸다. 순간 나는 가슴이 철렁 내려앉았다. 줄곧 안나가 또 일을 벌일지도 모른다는 생각을 하고 있었는데 기어코 그 일이 터진 것 같았기 때문이었다. 잠시 뒤 안나가 도우미 로봇들에게 둘러싸여 식당을 나오는 게 보였다. 내 예상은 적중했다. 안나가 또다시 주방으로 뛰어들었다가 붙잡힌 게 분명했다.

식당에서 홀로 내려오는 계단을 안나는 거의 들리다시피 도우미 로봇들에게 매달려 내려왔다. 안나의 얼굴은 오기로 가득 차 있었다. 몸을 돌려 양팔을 로봇으로부터 빼려고 몇 번이나 시도했지만 로봇은 꼼짝 못 하게 붙잡고 있었다.

"당신은 두 번이나 주방에 무단으로 침입했기 때문에 특별감시방에 일주일 동안 구금됩니다."

안나를 붙잡고 있는 로봇이 말했다. 특별감시방이라니 여기가 교도소라도 된단 말인가. 그때 퍼뜩 자유낙하를 하면 그런 방에 가는 것이 아닐까 하는 생각이 들었다. 그러니까 자유낙하는 정신력을 재무장하기 위해 강제로 가둬 두는 곳을 말하는 것인지도 몰랐다. 홀에 있던 사람들이 하나둘씩 일어나 안나를 쳐다보기 시작했다. 나는 몇 발짝 앞으로 걸어 나갔다. 안나와 나는 몇 미터도 떨어져 있지 않았다. 안나가 소리쳤다.

"이거 놔! 내 발로 걸을 수 있어."

안나가 발버둥을 쳤다. 나는 더 이상 보고만 있을 수 없었다. 달려가 안나를 붙잡고 있는 로봇의 팔을 잡아챘다. 순간적으로 공격을 받아서인지 로봇 팔이 떨어졌다. 안나의 오른팔이 자유로워졌다. 내가 그 팔을 잡고 당기려는데 다른 로봇의 팔이 나를 밀쳤다. 나는 균형을 잃고 쓰러졌다. 홀에 있던 사람들이 우리 쪽을 보면서 웅성대기 시작했다. 로봇의 행동은 분명 지나쳤다. 도우미 로봇은 사람에게 폭력을 행사해서는 안 된다. 물론 방어는 할 수 있지만.

해성이 달려왔다. 해성이 내 팔을 잡고 일으켜 세웠다.

"괜찮아요?"

"네, 괜찮아요."

내가 대답했다. 해성이 안나를 붙잡고 있는 로봇에게 소리쳤다.

"왜 사람을 강제로 끌고 가지?"

"이 사람은 주방에 침입해서 요리를 방해하고 행패를 부렸습니다."

"흥, 난 여기를 탈출하려고 했을 뿐이야. 더 이상 이곳에 있을 이유가 없어."

안나가 소리쳤다. 해성은 안나가 무슨 말을 하는지 금방 알아들은 것 같았다. 유리가 내 옆으로 오더니 말릴 틈도 없이 나를 밀친 로봇에게 거칠게 주먹을 휘둘렀다. 로봇이 바닥에 넘어졌다. 파벨에서 경수와 다투던 때가 생각났다. 그때는 로봇에게 폭력을 휘두르는 경수를 말렸었는데. 유리가 소리쳤다.

"경찰처럼 사람을 함부로 끌고 가다니, 너희들은 우리를 보조하는 거지 우리를 통제하기 위해 존재하는 게 아냐. 게다가 특별감시 방? 뭐 그런 따위가 있어."

바닥에 쓰러진 로봇이 일어나며 말했다.

"우리는 여러분을 돕기 위해 있는 것입니다. 하지만 규칙을 위반하면 처벌을 받아야 합니다."

"주방에서 잠시 소란을 피웠다고 그게 규칙 위반이야? 여기가 무슨 강제수용소라도 되는 모양이지? 여기는 궁극의 원리를 연구하는 연구소야."

로봇들이 대답을 못 하고 가만히 서 있었다. 뭔가 적당한 답을 찾고 있는 것 같았다.

"완전 자율 시스템이라고 한 것이 이런 걸까요?"

안나가 몸이 자유로워지자 가까이 다가온 사람들을 향해서 작심한 듯 말하기 시작했다.

"왜 이곳이 완전 자율 시스템이어야 하나요? 사람이 운영하지 않는다고 해서 그게 자율 시스템일까요? 기계가 우릴 관리하고 통제하는 것이 어떻게 완전 자율 시스템이죠? 그건 뭔가 앞뒤가 맞지 않는 거 아닌가요? 사람의 생각과 행동이 아무런 제약을 받지 않고 자유로울 때 그걸 자율적이라고 말하는 거잖아요? 그런데 어떻게 기계가 사람을 관리하고 통제하는 것을 두고 자율 시스템이라고 말할 수 있어요? 자율주행차도 마찬가지예요. 그건 기계가 운전하는 거지 스스로 움직이는 건 아니잖아요. 어느 때부터 우리는 자신도 모르는 사이에 기계가 통제하는 것을 자율적이라고 아주 자연스럽게 생각하게 되었어요. 말도 안 되게 말입니다. 나는 이곳에서 너무 부자유스럽습니다. 내 마음대로 할 수 있는 게 아무것도 없어요. 우리는 마치 기계처럼 일정한 일과를 매일 반복하고 있어요. 더는 숨이 막혀 가만히 있을 수가 없어요. 그래서 이곳을 나가려고 했던 거예요."

한 번도 이런 일이 없었는지 사람들이 점점 많이 모여들어 흥미로운 눈으로 안나를 바라보고 있었다. 그때 나는 한 가지 놀라운 생각이 떠올랐다. 나는 해성을 데리고 사람들을 피해 약간 구석진 곳으로 갔다. 그리고 해성에게 말했다.

"비상용 승강기를 찾을 수 있을 것 같아요."

"네?"

"일단 급하니까 시계를 저한테 주세요. 그리고 안나가 말을 마치더라도 말을 계속해서 시간을 좀 끌어 주세요."

해성은 의아한 얼굴로 나를 쳐다보았으나 나의 단호한 태도를 보고는 시계를 풀어 주었다. 나는 시계를 들고 안나와 정반대 방향인 홀의 끝 쪽으로 걸어갔다. 내 귀에는 안나의 말이 멀어져 가면서도 계속 들렸다.

"여러분도 그것을 알면서 침묵하고 있어요. 왜일까요? 일 년만 버티면 좋은 대학과 좋은 직장이라는 장밋빛 미래가 보장되니까요. 그렇지 않나요? 붕어빵에 붕어가 없는 것처럼 궁리연구소에 궁극의 원리가 없다는 거 다 알잖아요. 그렇지 않나요?"

점점 많은 사람들이 안나 주위에 몰려들었다. 나는 지나가면서 그들의 표정을 살펴보았다. 모두들 표정이 굳어 있었다. 안나의 말에 동의하는 것일까. 아니면 안나의 말이 몹시 불쾌한 걸까. 그때 해성의 말이 들렸다. 내가 부탁한 대로 시간을 끌려는 모양이었다.

"여러분도 잘 아는 데카르트의 '나는 생각한다, 고로 존재한다'는 말에는 사실 인간의 오만함이 들어 있습니다. 세상 만물 가운데 인간만이 생각하는 유일한 존재이니 만물의 본질을 알아내는 것은 인간의 특권이라는 생각이 깔려 있죠. 근대 과학의 아버지라 불리는 데카르트는 또 이런 말도 했습니다. '인간은 자신을 둘러싸고 있는 다른 모든 물체들의 힘과 작용 원리를 명확하게 알아서 이 것들을 모두 적절한 용도에 사용하고, 그리하여 인간이 자연의 주 인이며 소유자가 되어야 한다. 또한 이것은 모든 편의를 얻게 하는 무수한 기술의 발명을 위해서도 바람직하며 그것이 세상에서 첫째 가는 선이다'라고요. 데카르트의 이런 생각은 오늘날까지 수많은 과학자들의 중심 관점이 되었습니다. 1962년 레이첼 카슨의 『침묵 의 봄』이 나오기 전까지 말입니다. 카슨의 이 책은 인간이 자연을 지배할 수 있다는 생각이 얼마나 오만하고 어리석은 것인가를 세 상에 알렸고, 그 뒤 수많은 환경 단체가 탄생하는 데 기여했으며 지구가 얼마나 병들었는지를 사람들이 깨닫게 해 주었습니다. 그 러나 안타깝게도 지금까지 세상은 크게 변하지 않았습니다. 여전 히 이산화탄소는 지구를 뜨겁게 달구고 있고 상상도 못 할 엄청난 산업폐기물들이 바다와 땅, 공기를 더럽히고 있지요. 물질의 최소 단위인 원자의 구조를 알았을 때만 해도 그것이 인류의 에너지 문 제를 해결해 줄 거라고 믿었지만 거기서 나온 방사능 물질이 인체 에 얼마나 해로운지 원자폭탄과 원전 폭발 사고가 증명해 주었잖 습니까? 유전자 조작 기술은 인간을 복제하기에 이르렀고, 인공지 능은 인간의 능력을 뛰어넘은 지 오래되었죠. 인간의 활동으로 서 식지가 좁아진 박쥐들이 인간의 생활 터전으로 덮쳐 옴에 따라 바 이러스 팬데믹은 일상적인 현상이 되어 가고 있습니다. 만약 인류가 과학에 대한 관점을 근본적으로 전환하지 않으면 황폐한 지구를 버리고 다른 행성으로 옮겨 가는 탁월한 능력을 발휘하게 된다고 할지라도 그 행성마저도 파괴하고 말 것입니다."

나는 사람들이 모두 안나 쪽으로 몰려가서 완전히 텅 비어 버린 가장 구석진 공간으로 갔다. 그리고 시계를 꺼내 BOMB 모드로 돌렸다. 폭발 시간을 5분으로 맞췄다. 시계를 벽과 바닥이 이어지는 모서리에 두었다. 폭발해서 주변에 있는 탁자나 소파에 불이 붙으면 좋을 거라는 생각이 들었다. 사람들과의 거리는 30미터쯤 되었다. 해성이 사무실 하나쯤 파괴할 정도라고 했으니 폭발 위력이 그걸 넘지 않기만을 바랐다. 나는 천천히 자리에서 일어나 해성이 말하고 있는 쪽으로 걸어갔다. 해성의 말이 계속 들렸다.

"과학이 발전하는 것은 인간 진화의 과정인지도 모릅니다. 하지만 세계를 내가 다룰 수 있는 어떤 대상으로 보는 한 환경은 파괴될 수밖에 없고 인간 본성은 무너질 수밖에 없습니다. 세계는 그냥 존재하는 것입니다. 우리가 그것의 본질을 알아야 할 의무는 없습니다. 그것을 몰라도 우리는 얼마든지 아름다운 지구에서 잘 살 수 있습니다. 더는 사람들이 자신과 세계를 분리하는 잘못된 관념으로 자신과 세계를 바라보지 않았으면 합니다. 왜냐하면 세계와 우리 자신은 결코 분리할 수 없는 하나이기 때문이지요. 지금처럼 단기적인 생각으로 당장의 이익에 빠져서 과학기술을 이용하려고만 하지 말고 먼 미래 우리의 후손이 하나뿐인 이 지구에서 잘 살 수 있도록 장기적인 계획을 세워야 합니다. 인간은 왜 세계를 지배하려고 하며 왜 모든 것을 알아야 한다고 생각할까요? 궁극의 원리를 모르면 어떻습니까? 꼭 궁극의 원리를 알아야 할 이유가 있을까요? 무엇이든 반드시 알아야 한다는 생각은 삶이 불안하기 때문에 생기는 집착이 아닐까요? 완벽한 이론과 반박 불가능한 원리, 예외를 용납하지 않는 철벽 같은 필연성은 어쩌면 혹독한 자연 앞에서 살아남고자 했던 나약한 인간들의 희망이었는지도 모릅니다. 하지만 그런 것이 있다는 믿음은 그것을 이용하는 기회주의자의 탄생도 불러왔습니다. 권력 자체가 그러해야 맹목적인 복종과 추종을 요구할 수 있을 테니까요. 세계를 다 이해하지 못해도 세상은 얼마든지 잘 돌아갑니다. 오히려 세계를 다 알면 세상을 다 얻을 것 같지만 어쩌면 더는 세상에 살 이유를 잃게 될지도 모릅니다. 모르는 것이 있어야 세상은 여전히 신비롭고 경이로울 것입니다. 다 알면 그런 신기함을 이해하고자 하는 충동과 동경심도 사라집니다. 인간은 자연 앞에서 겸손해야 합니다. 모든 것을 알 수 있다는 생각은 아무것도 모른다는 고백의 우회적인 표현일지도 모릅니다. 위대한 철학자 소크라테스도 자신이 모른다는 사실을 알았을 뿐이라고 말하지 않았습니까?"

여기저기서 사람들이 웅성거렸다. 해성의 말이 가슴 깊이 파고 들었다.

그때였다. 엄청난 폭발음이 들렸다. 사람들이 순식간에 바닥에 엎드렸다. 나도 무의식중에 남들과 똑같이 행동했다. 바닥에 머리를 박고 제발 아무도 다치지 않기를 바랐다. 연기가 자욱하게 피어올랐고 매캐한 냄새가 코를 찔렀다. 나는 천천히 일어났다. 내가 시계를 놓아뒀던 곳에서 불길이 솟아오르고 있었다. 사람들은 두려움에 우왕좌왕했다. 다행스럽게도 다친 사람은 없는 것 같았다. 나도 모르게 감사하는 마음이 솟구쳤다. 그때 도우미 로봇이 말했다.

"당황하지 마십시오. 연구소 내에 폭발 사고가 있었습니다. 지금부터 비상 운영 지침으로 행동하겠습니다. 제가 이끄는 곳으로 가면 비상 탈출용 승강기가 있습니다. 그곳에서 여러분은 무사히 이곳을 빠져나갈 수 있습니다."

홀로그래피가 꺼졌다. 로봇이 우리를 인도했다. 사람들은 불안에 떨었지만 로봇을 따라 질서 있게 움직였다. 홀로그래피가 꺼진 자리에 커다란 출입문이 있었다. 로봇이 비밀번호를 입력해서 문을 열었다. 내 옆에는 언제 왔는지 해성과 안나가 있었다. 유리는 보이지 않았다. 나는 고개를 돌려 유리를 찾았지만 사람들이 한꺼번에 몰려서 쉽게 발견할 수 없었다. 해성이 웃으며 말했다.

"비상 상황이 되면 로봇이 우리를 비상용 승강기로 데려갈 거라는 생각을 했군요. 아주 기발한 착상인데요."

"유리가 로봇을 질타했을 때, 로봇이 말했잖아요. 우리를 돕기 위해서 자신들이 존재한다고요. 그 순간 비상 상황이 발생하면 우릴 대피시킬 거라는 생각이 들었어요."

"그리고 비상용 승강기가 떠오른 거구요?"

내가 고개를 끄덕였다.

출입문 바깥에는 끝이 보이지 않는 긴 복도가 펼쳐져 있었다. 맨 앞에 선 로봇이 약 10여 미터를 걸어가더니 한 출입문 앞에 멈춰 섰다. 그리고 또다시 비밀번호를 입력했다. 출입문이 열렸다. 로봇이 안으로 들어가라고 손짓했다. 바로 비상용 승강기였다. 내부는 꽤 넓었다. 한 번에 이삼십 명은 탈 수 있었다.

"순서대로 올려 보내겠습니다. 질서를 지켜 주십시오."

로봇이 말했다. 나는 승강기 안에 들어가서도 유리를 찾았으나 보이지 않았다. 안나가 웃는 얼굴로 나를 보고 있었다. 승강기가 자동으로 빠르게 올라갔다. 마침내 승강기가 멈추고 문이 열렸다. 나는 곧바로 이곳이 우리가 로봇개에 쫓겨 왔던 바로 그 장소라는 것을 알 수 있었다. 그때 열리지 않았던 미닫이문이 바로 방금 열린 문이었다.

건물을 빠져나오자 버스가 대기하고 있었다. 버스는 우리를 태우고 해태와 마두와 함께 들어왔던 길이 아닌 다른 길로 이동했다. 얼마 가지 않아 연구소 정문이 보였다. 정문에서 처음으로 연구소 직원을 보았다. 그들은 우리가 연구소로 다시 돌아갈지, 아니면 퇴소할지를 자율적인 판단에 맡기겠다고 했다. 그들은 안나와 해성이 무슨 말을 했는지, 그리고 그들 주위에 몰려온 사람들이 무슨 생각을 하고 있었는지 다 알고 있는 것 같았다. 우리를 비롯해서 꽤 많은 사람들이 퇴소를 결정했다. 나머지는 연구소로 돌아갔다. 퇴소를 결정한 사람들은 직원들이 일일이 집으로 돌아갈 방법을 안내했다. 그러는 사이 나는 유리를 찾았지만 보이지 않았다. 나와 해성은 연구소가 제공하는 버스를 타고 시내로 가기로 했다. 안나는 파벨로 가는 기차를 타기 위해 다른 버스를 기다렸다. 나는 안나를 끌어안았다. 안나도 힘주어 나를 안았다. 우리는 다음에 다시 만날 것을 약속했다. 유리는 끝내 나타나지 않았다.

해성은 돌아오자마자 궁리연구소의 실상을 인터넷에 올렸다. 그러나 궁리연구소는 그 내용이 음해에 불과하다며 일축했다. 다만 앞으로 점차적으로 연구소를 공개 연구소로 바꾸겠다고 했다. 그리고 철조망 절단 사건에 대해 사과하고 북쪽으로 가는 간선도로를 개방하겠다고 약속했다.

나는 학교에 갔다. 아이들이 나를 둘러싸고 궁리연구소에서 무슨 일이 있었는지 물어 댔다. 나는 별로 말하고 싶지 않아 그들을 피했다. 마두가 그들을 가로막았다. 역시 든든한 친구였다. 학교에 왔을 때 마두와 해태를 보는 것이 가장 반가웠다. 해태는 나를 식물원으로 데려갔다. 내가 심은 청경채가 막 싹을 틔우고 있었다. 너무 신기해서 조심조심 싹을 어루만져 보았다. 보드랍게 손바닥에 닿는 느낌이 좋았다. 리강거 선생님이 했던 말이 생각났다. '씨앗이 움트는 바로 그 순간을 위해 이 거대한 우주가 존재하고 있다면 믿을 수 있겠니? 씨앗과 우주가 하나가 되는 그것이 바로 궁극의 원리가 아닐까.'

엄마는 돌아온 나를 반기면서 미안하다고 말했다. 왜냐하면 내가 궁리연구소에 가 있는 동안 엄마는 국가로부터 내가 연구소에 간 상황과 이후 받을 혜택에 대해서 듣고 거기에 계속 있는 것에 동의를 했다는 것이었다. 결국 엄마도 자식의 장래를 생각해서 조용히 있기로 한 것이었다. 좀 실망했지만 엄마도 어쩔 수 없이 세상의 부모들처럼 행동한 것이었다. 궁리연구소의 발표로 엄마가 맡은 철조망 절단 사건은 종결되었다.

며칠 뒤 나는 해태, 마두와 함께 들판에서 드론을 날렸다. 드론에서 내려다보는 세상은 역시나 광활하고 푸르렀다. 드론은 멀리 궁리연구소를 보여 주고 있었다. 거대한 연구소는 여전히 굳건하게 자리를 지키고 있었다. 아직까지 유리가 돌아오지 않은 것을 보면 유리는 다시 연구소에 들어간 것이 분명했다. 유리의 심정을 조금은 이해할 것도 같지만 가슴이 답답해지는 것은 어쩔 수 없었다.

나는 그동안 내가 무엇 때문에 힘들어했는지 이제 조금 알 것 같았다. 내가 무엇을 잘할 수 있는지, 앞으로 무엇을 하며 살아갈 것인지에 대해서 불안해했던 것 같다. 만약 이 세계를 이해할 수 있는 완벽한 그 무엇이 있다면 그런 내 불안을 그것이 말끔히 해결해 줄 것이라는 생각을 한 것은 어쩌면 당연한 것인지도 모른다. 때로 나는 내가 아무것도 할 수 없는 무능한 존재일지도 모른다는 생각에 불안했고 의기소침했다. 그것이 아마도 열등감의 근원일지도. 유리를 이해할 수 있을 것 같았다. 유리는 자신이 무얼 고민하는지 정확하게 알고 있었지만 나는 몰랐다. 나는 그저 두려움에 떨었던 것이다. 유리가 스스로 고립감에 빠져서 얼마나 외로움에 떨었을지, 마음이 아팠다. 도대체 아직 세상을 제대로 살아 보지도 않았는데 우리는 왜 그런 생각으로 괴로워하는 것일까. 왜 지레 나의 삶을 예단하는 것일까. 어쩌면 우리 사회가 우리를 그렇게 만들었는지도 모른다. 무엇이 되라고 강요하는 사회. 그냥 아무것도 되지 않고 살 수는 없는가. 미래는 아무도 알 수 없다. 궁극의 원리가 없다는 것이 그걸 분명히 말해 주고 있지 않은가. 나의 미래는 내가 만들어 가는 것이다. 나는 되어 가는 존재다. 그렇게 살자.

어느새 드론은 바다 위를 날고 있었다. 햇살이 은빛으로 부서지는 물결 위를 마치 갈매기처럼 낮게 질주했다. 바다와 하늘이 세상을 절반씩 차지하고 어깨춤을 추고 있었다.

작가의 말

어른들은 아이들을 보고 '얘들이 뭘 알아'라고 가볍게 말합니다. 흔한 말로 아이들도 알 건 다 압니다. 제가 살면서 깨달은 것은, 아이든 어른이든 언제나 순간에 최선을 다하며 산다는 것입니다. 아이들이 장난감을 사 달라고 떼쓸 때나 놀이에 몰두해 있을 때를 보세요. 사람은 누구나 자신이 현재 처해 있는 상황에서 자신이 가진 지식이나 경험 전부를 쏟아부어 최선의 행동을 하려고 노력합니다. 물론 그것이 항상 좋은 결과로 이어지지 않을 때도 있지만 그건 인간 자체의 한계일 수밖에 없겠지요. 그러므로 다른 사람의 행동을 이해하지 못하겠다고 불만을 터뜨리는 것은 나의 잣대로 보기 때문이지 결코 상대를 진정으로 이해하려는 태도는 아닙니다. 내가 매 순간 최선을 다하듯이 타인도 언제나 그렇다는 걸 모르고 하는 볼멘소리죠.

중학생 때 국어 시간에 '5분 스피치'라는 수업이 있었습니다. 어떤 주제도 좋으니 칠판 앞에 서서 학생들을 상대로 5분 동안 말하는 것이었습니다. 다른 친구들이 무슨 말을 했는지는 거의 기억나지 않는데, 내가 했던 말은 생생하게 기억하고 있습니다. 나는 대담하게도 아리스토텔레스의 '형이상학'에 대해서 말했습니다. 물론 아는 거라곤 겨우 백과사전에서 읽은 한두 페이지의 글이 전부였지만 말입니다. 지금 생각해 보면 '형이상학'이 뭔지 진실로 궁금했던 것 같습니다. 하지만 의욕만 앞서서 짧게 이해한 어설픈 지식으로 횡설수설 떠들어댔던 것입니다. 그때 아마도 친구들은 내가 잘난 체한다거나 엉뚱한 생각에 빠져 있다고 여겼을 것입니다. 어쨌든 내가 최선을 다하고 있다는 것은 결코 알지 못했을 겁니다.

십 대는 이제 막 사회에 눈을 뜨고 사람들이 살아가는 것에 대해 의문을 품기 시작할 때입니다. 하지만 자기 앞에 맞닥뜨린 세상이 너무 막막하고 오리무중이어서 본능적으로 불안과 두려움에 휩싸일 수밖에 없기도 합니다. 하지만 그때가 인생의 다른 어떤 시기보다 가장 순수하게 삶에 대해서 고민하고 있었음을 세월이 한참 지나고 나서야 깨닫곤 합니다. 저 자신을 돌아보아도 미숙했지만, 친구들과 꽤 진지하게 인생이니 삶이니 이야기를 나눴던 것이 기억납니다. 그때는 왜 그렇게 온통 주변이 회색빛으로 보였는지 참 많이도 우울해했습니다.

그래서 오래전부터 청소년들이 '형이상학'에 대해 고민하는 것을 글로 쓰고 싶었습니다. 제 어릴 때 추억을 더듬으면서 말이죠. 하지만 생각보다 쉽지 않았습니다. 고치고 또 고쳤지만 여전히 아쉽고 부족한 부분이 많아 부끄러울 따름입니다. 그래도 존재에 대한 청소년들의 목마름에 조금이라도 보탬이 된다면 저 자신도 위로를 받을 것 같습니다. 솔직히 궁극의 원리가 있느냐 없느냐는 그리 중요하지 않을 수 있습니다. 아마도 없다는 것이 밝혀져도 인간은 끝까지 추구할 겁니다. 그것이 인간다운 면모이기도 하니까요. 하지만 제가 이 글을 통해 진실로 하고 싶었던 말은 어떤 지식이나 주장도 칸트의 말처럼 인간을 수단으로서가 아니라 목적으로서 대해야 한다는 것입니다. 한 알의 씨앗이 싹트기 위해서 우주가 존재하는 것처럼 말입니다.

프랑스의 철학자 알랭 바디우는 이런 말을 했습니다. "젊음은 삶을 쌓아 올리는 것과 삶을 불태우는 것 사이의 모순이다. 쌓아 올리는 것을 잠시 거부할 수 있다면 스스로 갇힌 감옥에서 벗어나 참된 삶의 여행을 떠날 수 있다." 궁극의 원리는 없을지 모르지만 참다운 삶은 존재합니다. 자신이 믿는 삶을 향해 흔들림 없이 도전하는 것, 그것만큼 아름다운 삶은 없겠지요.

이 글을 쓰면서 여러 책에서 도움을 받았는데, 특히 게랄트 휘터의 『존엄하게 산다는 것』이란 책에서 많은 영감을 얻었습니다. 하이데거의 사상도 언제나 내게 힘이 되어 주었습니다. 그리고 부족한 글을 다듬고 명확하게 하는 데 도움을 주고 기꺼이 출판을 허락해 준 바람의 아이들 편집진과 최윤정 대표님께 감사드립니다. 항상 변함없이 응원해주는 딸 지영과 가족에게도 고마움을 전합니다.

박용기

라플라스의 악마

초판 1쇄 발행 | 2022년 4월 1일
지은이 | 박용기
펴낸이 | 최윤정
만든이 | 유수진 전다은
펴낸곳 | 바람의아이들
디자인 | 이아진
등록 | 2003년 7월 11일 (제312 2003 38호)
주소 | 서울특별시 종로구 필운대로 116 (신교동) 신우빌딩 501호
전화 | (02) 3142 0495   팩스 | (02) 3142 0494
이메일 | barambooks@daum.net
제조국 | 한국
구독연령 | 11세 이상

www.barambooks.net

ISBN 979-11-6210-177-3 44800
ISBN 978-89-90878-04-5 (세트)